薇若妮卡想不開

保羅・科爾賀

劉永毅 譯

Veronika
Decide
Morrer

獻給來自L.的S・T

我已經給你們權柄，可以踐踏蛇和蠍子……
沒有什麼能傷害你們。

〈路加福音・第十章十九節〉

一九九七年十一月十一日，薇若妮卡決定結束自己性命的時刻「總算」到了！她小心地將向修道院租來的房間打掃乾淨，關掉暖氣，刷好牙，然後躺下。

∞

她從床邊的小桌上拿起四盒安眠藥，她決定要一顆一顆地吞下，而非把藥壓碎成粉，再以水吞服，因為在意圖和行動之間，總是有一些差距，她希望在半途想反悔的時候，隨時可以回頭。然而，每吞下一顆藥丸，她的意志卻更堅定。五分鐘後，四盒藥全空了。

因為無法確切知道要花多少時間才會失去知覺，她在床上放了一本當月號的《*Homme*》，這是最近才寄到她工作的圖書館的法國雜誌。雖然她對電腦並不特別感興趣，但翻閱這本雜誌時，一篇討論電腦遊戲（遊戲光碟的一種）的文章卻吸引了她的注意，因為這款電腦遊戲是由一位巴西作家保羅・科爾賀所開發，她曾在聯合大飯店自助餐廳所舉辦的一場演講會上見過這位作家。他們曾交談數句，他的出版商最後甚至邀請她一起晚餐。但現場的人很多，因此，他們沒有機會再深入交談。

然而，碰到作家這件事，讓她認為他也是她世界中的一部分，而在等死的時候，閱讀一位認識作家的作品，確實可以幫助她打發時間。於是，薇若妮卡開始閱讀她一點都不感興趣的電腦文章。這件事倒和她一生的行事風格一致，總是找最簡單、最方便、最靠近手邊的答案，閱讀這本雜誌就是一個例子。

出乎她意料之外，這篇文章的第一行就將她消極被動的天性一掃而空（這和此刻尚在胃中溶解的鎮靜劑無關，薇若妮卡是天生的被動），而且，有生以來第一次，她開始細細思索一句朋友間盛行一時的名言：「天下事絕非偶然。」

為什麼這一行文字，剛好在她決定要踏上死亡旅程時出現？眼前的這行文字是否暗藏著玄機，她相信這絕對不是巧合而已。

在一幅電腦遊戲的插畫下，記者在這篇文章的開頭，問了一個問題：「斯洛維尼亞在哪裡？」

老實說，她想過，真的沒有人知道斯洛維尼亞在哪裡。

但是斯洛維尼亞確實存在，就在薇若妮卡正從窗子望出去的廣場，也在環繞著她四周的群山中：斯洛維尼亞正是她的祖國。

她把雜誌拋到一邊，對於一個完全不知斯洛維尼亞在哪裡的世界感到憤憤不平毫無意義；她對祖國的熱愛景仰也與她無關。此刻她只為自己驕傲，因為她最後終於做到了，有勇氣離開這個世界：多麼開心啊！她正在做她一向夢想自己能做到的事——吞下安眠藥，一了百了。

薇若妮卡花了將近六個月才拿到需要的藥丸。她一度以為自己永遠無法辦到，所以考慮過割腕。倒不是因為割腕會使房間濺滿鮮血，也不是怕造成修女們的疑惑及麻煩，而是這樣的自殺方式，會使人們認為，自殺的人總是先想到自己，其次才是別人。她早就打定主意，盡可能不要讓她的死造成其他人的任何不便，但如果割腕是唯一的路，她就別無選擇了——修女們免不了要清掃房間，並且盡快把整個事件忘掉，否則要把這個房間再租出去就難了。雖然我們身處廿世紀末，但人們依然相信鬼神。

當然，她也可以從盧比安納[1]少數幾棟高樓中擇一往下跳，但是從這種高度跳下去，豈不是會替她父母帶來痛苦？他們在驚聞女兒的噩耗後，還要強忍悲痛，去辨識一具殘缺不全的屍體。不，這個方法比流血至死還糟，因為這會替兩個只要求她一切平安的老人留下永難磨滅的印象。

女兒的死他們會慢慢習慣的，但是一具破碎的軀體卻想忘也忘不掉。

1 Ljubljana，斯洛維尼亞首都。

槍擊、跳樓、上吊，這些死法都不合乎薇若妮卡的女人天性。當女性決定要自殺時，多半會選擇比較浪漫的死法——例如割腕，或是服用過量的安眠藥，已有多位被拋棄的公主及好萊塢女星提供了數不清的例子。

薇若妮卡知道，生命向來就是一種等待，等待著行動的契機，而事實也證明如此。為了得到夜總會ＤＪ常用的那種強效安眠藥，她藉故向兩位朋友抱怨自己晚上常無法入眠，於是便從他們手中各得到兩盒藥丸。薇若妮卡將這四盒藥丸放在床邊桌上放了一週，試著練習接近死亡，學著——完全不帶感情地——向人們所謂的「人生」道別。

現在，她快要達到目的了，她正高興著一路順利，卻也覺得有點無聊，不知道該如何打發僅剩的一點時間。

她又想到剛才看到的可笑問題。怎麼會有一篇關於電腦遊戲的文章以「斯洛維尼亞在哪裡？」這麼白癡的問題當作標題？

反正也沒其他事情好做，她決定將整篇文章看完，然後才知道，原來這個電腦遊戲是在斯洛維尼亞製造——這個奇怪的國家，除了住在那裡的人，幾乎沒有一個人能正確地說出它的確實位置，不過這裡的勞工相當便宜。幾個月前，當該產品推出時，法國製造商特別在維爾德（Vled）一處的城堡舉辦宴會，吸引了來自世界各地的新聞記者。

薇若妮卡記得她曾讀過有關這個宴會的報導，在這個城市中的確是一件大事，倒不全因為整個城堡為配合遊戲光碟而重新裝潢，盡可能布置成中世紀的樣子，而是這場盛事引發當地新聞界的一場爭議：來自德國、法國、英國、義大利、西班牙的新聞記者紛紛獲邀參加，而本地的新聞界，卻無一人獲邀。

當然《*Homme*》的特派員也是第一次造訪斯洛維尼亞，毫無疑問，所有費用都有人負擔，想必他是將這次訪問衝著與其他新聞同業閒聊打屁和古堡所提供的免費食物及飲料上。他決定在文章的開頭開點玩笑，這種方式大概足以吸引他祖國世故的知識分子。他可能早就胡亂捏造過各種當地的風土民情來唬弄雜誌社的同事，甚至可能取笑斯洛維尼亞婦女的穿著。

這是他的問題，即將告別生命的薇若妮卡有得是其他值得關心的事，例如死後是否還有其他生命？或是她的屍體何時才會被發現等問題。雖說如此，也許是受到她所做的重要決定所影響，這篇文章竟然讓她覺得很煩。

她從房間的窗戶看出去，可以看到盧比安納的小廣場，想著：如果他們連斯洛維尼亞在哪裡都不知道，那盧比安納豈不像個謎。就像亞特蘭提斯或雷姆利亞大陸

（Lemuria），或是其他消失的大陸一樣，可以用來填補人們心中的幻想。在這個世界上，沒有一個人會在一篇文章的開頭問：「聖母峰在哪裡？」即使他們從未到過那裡。但是，在歐洲中部，在一家主要雜誌社工作的記者，問這個問題時卻毫無禁忌，因為他們知道，大部分的讀者，並不知道斯洛維尼亞在哪裡，更不要說盧比安納了。

現在，十分鐘過去了，但薇若妮卡並未發現身體有何變化，她找到一個打發時間的方法。她人生的最後一個行動，就是寫一封信給雜誌社，向他們解釋斯洛維尼亞是由前南斯拉夫所分出的五小國之一。

這封信將成為她的遺書，但她不會在此信中解釋自己尋死的真正原因。

當他們發現她的屍體，可能會說，她之所以自殺是因為一家雜誌社不知道她的祖國何在。她笑著想像，報紙上可能針對她是否應該為了國家的尊嚴而死一事爭辯不休。然後，她為自己的想法改變之快而大吃一驚，因為在此之前，她所想的完全相反，她認為這世界及其他任何地理上的問題都和她不再相干了。

她寫了信，這一段輕鬆幽默的美好時光，幾乎使她改變一定要死的想法，但是她已經服了藥丸，要回頭也太遲了。

不管如何，她之前也有過類似的時光，她之所以選擇就死，並非因為她是一個悲傷而痛苦、經常沮喪度日的女人。她曾經花了許多午後的時光，愉快地沿著盧比安納的街道散步，或是從修道院房間的窗戶向外凝視著以詩般姿態飄落在小廣場上的雪花。曾有一個月的時間，因為廣場中一位陌生人送給她的一朵花，使她足足高興了一個月，好像漫步在雲端。

她認為自己完全正常。而使她決定自殺的兩個理由十分簡單，而且她有十足的把握，如果留下一紙遺書解釋，許多人甚至會同意她的決定。

第一個原因，生活中的一切都是一成不變，一旦年華消逝，一切將每下愈況，年歲將開始留下無法磨滅的痕跡，各種疾病開始進攻，朋友逐漸凋零。再活下去，她仍將一無所獲；事實上，這類的痛苦只會有增無減。

第二個原因就複雜得多：薇若妮卡讀報紙、看電視，她注意到世事的變化。所有的事情都不對勁，而她沒有任何方法可以導正這些錯誤——這給她一種全然的無力感。

然而，再過一陣子，她就會歷經生命中最後一次體驗，而且保證是非常不一樣的經驗：死亡。她寫好了給雜誌社的信，然後就不再理會這件事。她開始貫注精神在即將發生的事情上，如何適當地度過活著、或是應該說死亡的最後時刻。

她試著想像，死亡會像什麼？但無法得到任何結論。

此外，她其實不用太擔心，因為幾分鐘過後，她就知道了。

幾分鐘呢？

她不知道。但她接著又想到一個人人都不免自問，而她在幾分鐘之內即可找到答案的問題：上帝存在嗎？

和許多人不同，這個問題在她的生命中向來不是一個在內心反覆思考的主題。在昔日共產政權下，學校裡的官方說法是生命止於死亡，而她早已習慣如是想。但另一方面，她的父母及祖父母世代，依然上教堂、禱告、朝聖，他們絕對相信上帝在傾聽他們的祈禱。

二十四歲時，她已盡可能地經歷她所能經歷的一切，這不是一件簡單的事，薇若妮卡幾乎相信，所有一切即將隨死亡休止。這也是她為何選擇自殺：這是最終的解放。上帝的恩典。

但在她內心最深處，依然懷抱著質疑的態度：如果上帝真的存在呢？幾千年來的文明，一向視自殺為一種禁忌，是對所有宗教法規的冒犯；人類為生存而拼搏，而不是拚命求死。人類必須繁衍後代。社會需要勞工。一對夫婦即使不再相愛，也必須有一個相聚相合的理由。至於國家則需要士兵、政治家，以及藝術家。

雖然我不相信，就算上帝存在，祂必然知道人類所知極其有限。祂正是世間貧窮、不義、貪婪，以及孤獨等混亂的始作俑者。她毫無疑問地有最佳的立意，但結果卻證明是一場大災難；如果上帝存在，祂應該對選擇及早離開地球的生物心懷慷慨，祂甚至應該對我們在世上度過的時間而致歉。

去他的禁忌及迷信。她虔誠的母親將會說：上帝通曉過去、現在，及未來。在此情況下，祂在把她置放在這個世界上時，就應該預知她最後將以自殺收場，祂不會被她的舉動嚇到。

薇若妮卡開始覺得有一點兒輕微地暈眩，很快地越來越嚴重。

一下子，她就無法集中精神在窗外的廣場上。她知道當時是冬天，時間大概是下午四點鐘，白日將盡。她知道其他人依舊會活下去。此時此刻，一名年輕男子經過她窗前，看著她，完全未注意到她即將赴死一事。有一群來自玻利維亞的音樂家（玻利維亞在哪裡？為何記者在文章中不問這個問題？）正在偉大的斯洛維尼亞詩人法蘭西斯．普列舍倫（France Prešeren）雕像前演奏。普列舍倫的作品對於他的同胞有深遠的影響。

她能夠活著聽完從廣場上飄來的音樂嗎？這將是此生最美麗的回憶：薄暮時分，

樂音反覆低詠著世界另一端的國度所育生的夢想，溫暖舒適的房間，生氣蓬勃，經過窗前的年輕英俊男子，忽然停下腳步看著她。她突然覺得藥丸已經開始發揮作用了，而他，將是她在世上所見到的最後一人。

他笑著，她也報之以微笑，反正再沒有什麼可損失了。他向她揮手；但她決定假裝看著別的地方，年輕男人走遠了。他沒有留意，繼續著他的路程，對於窗邊出現的臉孔，將永遠地遺忘。

但是薇若妮卡很高興在最後一刻還能為他人所需要。她不是因為缺乏愛才結束自己的生命。也不是因為家人離棄、有金錢問題，或染上了不治之症。

薇若妮卡早就決定在可愛的盧比安納午後死去，有來自玻利維亞的音樂家在廣場演奏，有年輕男子經過她的窗前，對於雙眼所見、雙耳所聞，她非常高興。她更高興的是，這些可愛但千篇一律的事情，她不用再繼續經歷三十年、四十年，甚至五十年，因為他們會失去原來的面貌，並且在一個一切都將重複，一天與另一天完全相同的生活中，這些終將轉化成為生命中的悲劇。

她的胃現在開始劇烈地翻攪，她開始覺得非常難受。真詭異，我還以為服用大量鎮靜劑會讓我一覺到底。然而，現在她所經歷的，是耳朵裡發出奇怪的嗡嗡響聲，還有強烈的嘔吐感。

如果我吐出來，我就不會死了。

她決定不要去想那些在胃中如刀刺般的疼痛，並試著集中注意力在快速降臨的夜晚，在斯洛維尼亞同胞的身上，在那些關了店門準備回家的人身上。她耳中的噪音聲越來越尖銳，自從她服下藥丸以來，薇若妮卡第一次感到害怕，一種未來不明的恐懼。

恐懼並未延續太久。很快地，她便失去了知覺。

當她張開雙眼時，薇若妮卡並不認為「這一定是天堂」。天堂絕不會用螢光燈做為房間的照明，而且這種痛——這種感覺隨之而來——是標準地球式的。啊！這種地球特有的痛，絕對沒錯。

∞

她試著移動，而疼痛更劇。一群光點在眼前出現，即便如此，薇若妮卡知道這些光點可不是穹蒼的繁星，但是她可以感受到一陣持續的劇痛。

「她醒過來了！」她聽到一個女人的說話聲音，「妳已經來到地獄了，所以最好盡情地享受吧。」

不，這不是真的，這個聲音在騙她。這不是地獄，因為她覺得好冷，而且她注意到她的嘴巴和鼻子裡有管子。其中一條管子塞在她的喉嚨下，她覺得快窒息了。

她做出要移動它的樣子，但是她的手臂其實被牢牢地綁著。

「我只是開玩笑，這裡不是真地獄，」那個聲音繼續說，「並不是我真的去過地獄才這麼說，這裡比地獄還糟，妳是在唯樂地（Villete）。」

無視於痛苦和那種快要窒息的感覺，薇若妮卡馬上意識到發生了什麼。她試著要自殺，但有人及時趕到，把她救下。有可能是其中一名修女，也有可能是一位臨時決定登門造訪的朋友，或是有人送來一些她曾經申購，卻忘掉的東西。事實是，她活下來了，而且，她在唯樂地。

唯樂地，最有名也最可怕的瘋人院，自一九九一年該國宣告獨立起即存在。在當時，大家都相信可以經由和平的方式來瓜分前南斯拉夫（事實上，斯洛維尼亞也不過經歷了十一天的戰爭），一群歐洲的生意人取得了許可，在舊兵營遺址開設一家專為精神病患服務的醫院，舊兵營因為維修費用過高而遭到廢棄。

總之，沒多久，戰爭爆發。一開始是克羅埃西亞，再來是波士尼亞。這些生意人很擔心。投資的資金來自全球各地，來自一些他們連名字都不知道的投資者，所以也不可能坐到他們面前向他們提出解釋，並且告訴他們要耐心等持。他們為了解決問題而採取的最後辦法，以精神病院而言，實在令人不敢恭維，而對一個才從良性共產黨政權蛻變出來的新興國家而言，唯樂地象徵了所有資本主義最糟糕的態度：要進醫院，你需要的是「錢」。

這個世界上永遠不缺那些因為繼承財產糾紛（或是某些人一些令人困窘的行為），而亟欲把家人除之而後快的人，他們願意付一大筆錢以取得一份醫療報告，讓他們可以用來拘留有問題的子女或雙親。至於其他想要逃避債務的人，或是一些試著要矯正行為，以避免長期拘留監役的人，花了一點時間在精神病院中，然後就飄然遠颺，不用付出任何代價，也毋須經由任何司法程序。

從來沒人曾逃離唯樂地，在那裡，由法院及別的醫院送來的真瘋子，和一些只是「號稱」發瘋，或是假裝發瘋的人混在一起。結果當然是絕對地混亂，而且新聞界雖然從未獲准參觀唯樂地，親眼看到有任何事發生，但他們總是不時發表一些有關醫療失當及濫用醫療程序的故事。政府曾對這些抱怨進行調查，但是無法取得任何證據；而股東們則威脅要將在斯洛維尼亞投資困難重重之事公諸於世，所以精神病院經營如常，事實上，生意越來越旺。

「我嬸嬸幾個月前才自殺的，」那個女聲繼續說。「幾乎有八年的時間，她怕得不敢離開她的房間，大部分的時間，她都在吃、把自己養肥、抽菸、服鎮靜劑，以及睡覺。她有兩個女兒，及一個愛她的丈夫。」

薇若妮卡試著把她的頭移向聲音的來源，但是她失敗了。

「我只看她反擊過一次，當時她丈夫外遇。然後她大吵一架，減了幾磅，摔了幾只玻璃杯，幾週後，到了最後階段，她的吼叫聲把整個社區的鄰居都吵醒了。看來似乎很荒謬，但我想這是她一生中最快樂的時光。她為了某些東西而戰，她又活過來了，可以應付所有面前的挑戰。」

這些和我有何相干？薇若妮卡心裡想著，但嘴裡什麼都說不出來。我可不是妳的嬸嬸，而且我也沒有丈夫。

「到最後，她的丈夫把那女人趕走了，」女人繼續說，「但逐漸地，我嬸嬸又恢復到原來的樣子。有一天，她打電話來，說要改變她的生活：她要戒菸。同一個禮拜，在她因為戒菸而增加鎮靜劑的分量後，她告訴所有人，她想要自殺。」

「沒有一個人相信她。然後，有一天早上，她在我的電話答錄機上留了語音訊息，向我道別，然後開瓦斯自殺。」

「我把她的留言聽了又聽：我從來沒聽過她說話如此冷靜，對於她的命運如此聽天由命。她說她沒有高興，也沒有不高興，卻也是她再也走不下去的原因。」

薇若妮卡對這個向她說故事的女人感到難過，她如此做的原因似乎是試圖去了解她嬸嬸死亡的原因。在每個人不計代價努力求生存的世界，一個人如何去評斷那些決定尋死的人？

薇若妮卡想向她解釋，沒有一個人可以論斷。每個人都知道他們自己的痛苦，或是他們的生活完全失去意義。但是她卻幾乎被塞在口中的管子嗆到，這個女人趕快來幫她忙。

這名女人在她被插著各種管子，及各種違反她意志的保護措施綁得動彈不得的身子上彎下身，薇若妮卡急著想要把這些東西全部拿掉。她激烈地將頭左右擺動，用雙眼乞求他們將這些管子移走，讓她在平靜中死去。

「妳是心情沮喪，」這名女人說，「我不知道妳是否後悔妳的所做所為，也許妳還是不想活；但我一點兒都不感興趣，我感興趣的只是把我的工作做好。如果病人太激動，按照院規，我必須給他們鎮定劑。」

薇若妮卡停止掙扎，但護士已經在她的手臂注射一些東西。很快地，她回到一個奇怪的無夢世界，在那裡，她唯一記得的事情是她剛才看到的女人：碧眼、褐髮，以及一種非常疏離的感覺，就是那種一個人只管他分內該做之事，而不問為何會如此的感覺。

保羅・科爾賀是在三個月後聽到薇若妮卡的故事。當時，他正和一位也叫薇若妮卡的斯洛維尼亞朋友，在巴黎的一家阿爾及利亞餐廳共進晚養。這位薇若妮卡的父親，正是唯樂地的主治大夫。

∞

稍後，當他決定就此主題寫一本書時，他曾考慮把朋友的名字易名，以免造成讀者的混淆。他曾想過稱她為波拉斯卡，或愛德威娜，或瑪莉絲佳，或是任何斯洛維尼亞的名字，但最後他還是採用了真名，寫到他的朋友薇若妮卡時，他就稱她為「他的朋友」薇若妮卡。但當他指的是另一個薇若妮卡時，他完全不用加上任何修飾詞，因為她將是本書的主要角色。如果讀者不斷讀到像「那個瘋女人薇若妮卡」，或是「試圖自殺的薇若妮卡」，八成也會瘋掉。此外，他和他的朋友薇若妮卡，只會占據這本書中的極少部分，只是這一部分。

他的朋友薇若妮卡被她父親的所做所為嚇壞了，尤其要謹記在心的是，他是一家亟欲建立知名度的療養院負責人，而且他自己正著手一篇將受到保守學術界審核的論文。

「你知道『asylum』這個字是怎麼來的嗎？」她說，「在中世紀，是指一個人在教堂及其他聖地尋求一個庇護所的權利。而這個權利，所有的文明人都了解。但為什麼我的父親，一家精神病院的院長，卻如此對待一個人？」

保羅．科爾賀想要知道所有發生的細節，因為他有一個真實的理由，促使他去了解薇若妮卡的故事。

他的理由如下：他本人曾經在一九六五年、一九六六年，及一九六七年三度進入一家庇護所，或乾脆就用一般人比較了解的「精神病院」來稱呼。這個他曾接受治療的地方，就在里約熱內盧的「伊留斯醫生療養院」。

被送進精神病院對他而言真正的原因，即使在今天，也是很奇怪的；也許是他的父母被他半羞怯半活潑的異常舉動攪亂了，還有他一直想做「藝術家」的熱情，更被整個家庭成員視作淪為社會流民，死於貧困的必然之舉。

當他想到這些陳年往事時——必須要說的是，他很少會想到這些事——他覺得真正的瘋子是以最微不足道的理由，同意讓他入院治療的醫生（就像在任何一個家庭中，總是將責怪的矛頭指向別人，而且肯定的說，當父母做出一個激烈的決定時，他們根本不知道自己在做什麼）。

當保羅得知薇若妮卡曾經留下一封奇怪的信給報社，抱怨一本主流的法國雜誌竟然連斯洛維尼亞在哪裡都不知道時，忍不住哈哈大笑。

「沒有人會為這種事去自殺的。」

「這也是這封信沒有發生效果的原因，」他的朋友薇若妮卡尷尬地說道，「昨天，當我登記入住這家旅館時，櫃檯人員還以為斯洛維尼亞是德國的一個城鎮哪。」

他了解這種感覺，因為有許多外國人相信阿根廷的布宜諾斯艾利斯是巴西的首都。

除了大力稱讚他祖國首都（他們最後發現原來就是在阿根廷隔壁的鄰國）的外國遊客，保羅．科爾賀與薇若妮卡有同樣的感受，值得再提的是：他自己也曾進過精神病院，而且，如果根據他第一任妻子的說法：「根本不應該讓他出院」。

但是他卻獲准出院了。當他最後一次離開療養院時，他決定再也不要回去，他向自己做了兩項承諾：一、有一天他會就此主題寫作，以及二、他會等雙親過世後，才公開地接觸此一主題。因為他的雙親在有生之年，花了很多時間自責，他並不想再傷害他們。

他的母親於一九九三年過世，但他的父親，到一九九七年已經八十四歲了，除了有一些肺氣腫外（雖然他從不抽菸），不論心理、生理，都十分健康，此外他完全以冷凍食品維生，因為沒有一個管家可以忍受他的怪癖。

所以，當保羅．科爾賀聽到薇若妮卡的故事時，他發現了一個不用打破自己諾言，但仍然可以談論此一主題的妙計。雖然他從未考慮過自殺，但他對精神病院的世界有精湛的知識，包括治療的方法、醫生與病人之間的關係，以及住在病院的舒適與焦慮等。

所以，讓我們允許保羅．科爾賀和他的朋友薇若妮卡就此消失，並且讓我們回到這個故事。

薇若妮卡不清楚自己到底睡了多久，她記得有時醒來，嘴上及鼻中依然有著這些維生的管子，並且聽到一個聲音說……

∞

「妳要我替妳手淫嗎？」

現在，她兩眼睜開，環視這個房間，她不明白剛才聽到的話是真的？還是一個幻覺？除了這個記憶，她什麼也不記得，完完全全地不記得。

管子都被拆走了，但全身上下依然插滿了針頭，她的心臟部位及頭部都連著管線，她的手還是被綁著。她完全赤裸，只用一床被單蓋著，她覺得冷，但決定不要抱怨。由綠色簾子所隔出的狹窄空間，已被她所躺的床、加護病房的機器塞滿了，床前有一把白色椅子，一名護士正坐在那兒，讀著一本書。

這一次，這名女子有著一對黑色的眸子及褐色的頭髮。即便如此，薇若妮卡還是不太確定她是否就是數小時前——或是數日前曾經交談過的女子。

「妳可以將我的手臂鬆綁嗎？」

那名護士抬頭看她，說了一聲「不行」，就又回到她的書中世界。

我還活著，薇若妮卡想，所有的事情要全部重來一遍。我必須在此地待一段時間，直到我完全正常，他們就會放我出院，我就會再看到盧比安納的街道、廣場，以及人們上下班時經過的橋梁。

既然人們總是幫助他人——如此他們才會感覺自己比實際更好——他們會把我在圖書館的工作還給我。趁這段時間，我將去造訪同樣的酒吧及夜總會，我將告訴我的朋友有關我所受到的不公平待遇以及這個世界的問題。我要去看電影，並沿著湖邊散步。

我只服安眠藥，所以容貌不會走樣：我依然年輕、漂亮、聰明，要交男朋友一點困難都沒有，雖然我從未交過。我要在他們的家中、或是樹林中和他們做愛，我會感受到相當程度的愉悦，但當我達到高潮時，空虛感將再度襲來。我們都知道，沒有什麼好談的。直到我們找到一些藉口——「晚了」，或者「我明天要早起」——然後就會盡快分道揚鑣，避免在對方的眼中看到自己。

我會回到向修道院租來的房間。試著讀一本書，打開電視，看一樣的老節目，把鬧鐘設定好，讓它在一如往常的時間將我喚醒，接著重複在圖書館一成不變的機械式工作。我會在劇院對面的公園，坐在同樣的凳子上，和其他選擇坐在同一張凳子上享用午餐的人一起吃著三明治。這些人都有著同樣空洞的表情，但卻佯裝成正在思索重要事物的樣子。

然後，我會回去工作，聽聽一些有關誰和誰一起出遊、誰在為何所苦，以及某人如何為了她的丈夫以淚洗面等等的八卦，這樣我會有一種優越的感覺：我貌美、有一份工作、可以選擇任何男子做男朋友，一天將盡，我可以上上酒吧，所有的事情全部從頭開始。

我的母親，她一定為了我企圖自殺而急得失去理智了，但也可以從驚愕中恢復理智，繼續問我打算怎麼過生活、為何我和其他人都不一樣，事情其實不如我想的那麼複雜等等。「看看我，我就是最好的例子，我嫁給妳爸爸已經好多年啦，而我一直試著給妳可能的最好的一切，並且讓妳當做最好的一個例子。」

有一天，我會試著去聽她說這些一再重複的事，並且告訴她我將嫁給一名強迫自己去愛的男人，以討她歡心。他和我最後會找到一條共度未來的路：在鄉下有一棟房子、小孩、我們子女的未來。第一年，我們會常常做愛，第二年次數減少，第三年後，我們大概每兩個禮拜才會想到性，大概每一個月才會將性衝動付諸行動。更糟的是，我們的交談逐漸減少。我會強迫自己接受這種情況，然後開始懷疑自己到底怎麼了，因為他完全對我失去興趣，完全地忽略我，整天除了和他的朋友談話外，什麼也不做，好像他們才是他的真實世界似的。

當婚姻好像就要散裂開來時，我會懷孕。我們會有一個小孩，這會使我們拉近一些距離，但只是一下子，然後所有的情況又回到原來的地方。

我會像昨天——還是幾天前？我也搞不清楚——如同那名護士口中的她嬸嬸一樣，我會增加體重，然後節食，每日、每週有系統地對付那些完全不受我控制而日積月累的體重。到這個時候，我會吞幾顆神奇的藥丸，好讓我不至於太過沮喪，然後，我會再生幾個孩子，但懷孕時在夜晚帶來的愛，依然消逝得太快。我會告訴所有人，孩子才是活下去的依賴，事實上，他們才是依賴我的生命活下去。

人們始終認定我們是一對快樂夫妻，但事實真相卻少人得知，快樂的表相下藏著痛苦和忍耐。

直到有一天，我的先生第一次愛上了別人，也許我會大吵大鬧像那名護士的嬸嬸一樣，想再度結束自己的生命。只是，到那時，我會太老又太膽小，兩三個孩子尚嗷嗷待哺，在我決定捨棄自己之前，我必須將他們養大，在世界上找個安身立命之處。我再也不會自殺，我會上演一齣戲，假裝要帶孩子離去。像所有男人一樣，我的丈夫會回心轉意，他會告訴我他愛我而他將不會再犯。雖然其實一切都不會發生，但如果我真的決定離開，唯一的選擇就是回到我父母的住處，就此度過餘生，還要聽我媽一再一再地嘮叨我如何錯失快樂幸福的一生，以及他除了之前犯的小小過錯，其實還算是一個好丈夫，而孩子更因我們的分離而一生傷痕累累。

兩三年過去，另一個女人會出現在他的生活中，我也將發現——也可能因為是我親眼所見，或是有人通風報信——但這一次，我假裝不知情。我用盡所有精力，和他其他的愛人對抗，但再也沒有多餘的體力精神，此刻最好承認生活真相即是如此，從來不是我所想像的那樣。母親說得對。

他繼續當一個受人尊敬的父親，我會繼續在圖書館工作，在劇院對面的小廣場吃著三明治，讀著其實沒打算讀完的一本書，看著和十、二十、五十年前差不多的電視節目。

只是，在吃三明治時不免心懷內疚，我已經有一點兒發福；而且我再也不去酒吧，因為我有一個老公，還有等待著我回家煮飯帶小孩的生活。

在此之後，剩下來就是等待，等著孩子長大，花整天的時間想著該如何自殺，卻沒有膽子付諸實行。在美好的某一天，我終於下了個結論，這就是生活的真貌，沒有什麼值得去懊惱及心焦，一切都不會改變，而我會接受這一切。

薇若妮卡將心中的獨白拉近看了看，並對自己許下一個承諾：她絕不會活著離開唯樂地。趁著她還勇敢及有足夠的健康尋死，最好一切就此了結。

她好幾次睡著又醒來，發現有幾部圍繞著她的機器已沉寂無聲，她的體溫正逐漸回升，而護士的臉孔依然不斷變更；但總是有護士在她身邊。透過綠簾子，她可以聽到有人正在哭泣、呻吟、歎息，或是冷靜、公式化的耳語聲。有時，遠處的機器嗡嗡出聲，然後走廊傳來匆匆的腳步聲。這時人們的聲音不再冷靜，公式化的音調變得緊張高亢，快速地發出一連串指令。

在她清醒的時刻，一位護士問她：「難道妳不想知道妳的情況？」

「我早就知道了，」薇若妮卡回答，「但這和妳所看到我的軀體毫不相干，這是發生在我靈魂中的事。」

護士還想再聊下去，但薇若妮卡卻假裝睡覺。

當她再一次張開雙眼，馬上了解到她已被移動；她身處在一間看來像大病房的地方，手臂上仍吊著點滴，但其他的電線及針頭已被拿走。

∞

一位身形高大的醫生站在她的床腳，穿著傳統的白袍子，和染成黑色的頭髮及鬍子形成強烈的對比。在他身邊，有一位年輕的醫生，手拿著記事用的夾板，正記著筆記。

「我來這裡多久了？」她問道，並注意到她說話有一些困難，說出來的話有點含糊。

「妳起先在加護病房待了五天，移到這間病房已經兩週了。」較老的男人回答，「妳應該慶幸自己還活著。」

年輕的男人看上去很驚訝，似乎最後的說法並不完全符合事實。薇若妮卡立刻注意到他的反應，她本能地警覺：她已經在這裡待很久了？她是否還有危險？她開始注意這兩個男人的每一個姿勢及動作；她知道現在不是問問題的時候，他們絕對不會告訴她真相，但如果她夠聰明，可以自己找出來到底發生了什麼事。

「告訴我妳的名字、地址、婚姻狀況，以及生日，」較老的男人道。薇若妮卡知道自己的姓名、婚姻狀況、以及生日，但記憶中有一處空白：她不能完全記起自己的住址。

醫生用一道光照射她的眼睛，在沉默中花了很長的時間來檢查。年輕的男人也照做了同樣的事。他們相互交換眼神，但這當然不代表什麼。

年輕的男人問道：「妳是否曾經告訴夜班的護士，我們看不到妳的靈魂？」

薇若妮卡不記得了。她無法知道她是誰以及她在那裡做什麼。

「妳一直使用鎮靜劑幫助入睡，這也許會對妳的記憶力有一點影響，但請試著回答所有的問題。」

然後醫生開始進行一份荒謬可笑的問卷，問她知不知道盧比安納所有報紙的名字？知不知道廣場中那座雕像是哪位詩人（呃，這是她永遠不會忘記的事情，每一個斯洛維尼亞人都在他或她的靈魂上刻下了普列舍倫的形象）？她母親的髮色？一起工作的同仁的名字？以及圖書館中最受歡迎的書籍名稱。

一開始，薇若妮卡考慮不要回答——她的記憶還是一片混亂——但是當問卷繼續下去，她開始將忘記的事情一片片地拼湊起來。有一刻，她記起來自己正身處一家精神病院中，而一名瘋子是不必合作的；但是，為了自己好，並且讓醫生站在她這一邊，以便可以找出有關她目前狀況的更多資訊，她開始努力運作心智。當她試著詳述姓名及種種事實時，不但記憶逐漸恢復，連她的人格、她的慾望、以及她看待生命的方式，都逐漸恢復。然而被埋在幾層鎮靜劑下的自殺念頭，在那個早晨，又再度浮現。

「好了。」那個較老的男人在問卷結束時說。

「我還要在這裡待多久？」

年輕的男人垂下雙眼，她感覺一切懸浮在空氣中，彷彿她的問題一旦被解說，生命將有新的發展，而且不可能改變。

「你可以告訴她，」年老的男人說，「許多病人已經聽到謠言了，她終究會知道的；這裡藏不住祕密。」

「好吧，妳決定妳自己的命運，」年輕男人輕嘆了口氣，仔細地斟酌每一個字。「所以妳最好知道妳的行動所帶來的後果：在妳服下那些藥丸，並且開始昏迷後，妳的心臟受到難以恢復的創傷，心室上產生了一些壞疽……」

「用外行人的話來解釋，」年老的男人說，「直接說重點。」

「妳的心臟受到永遠無法恢復的創傷，而且它很快就會停止跳動。」

「這是什麼意思？」薇若妮卡有點害怕地問道。

「如果妳的心臟停止跳動，那只代表一件事，死亡。我不知道妳的宗教信仰是什麼，但是……」

「我的心臟何時會停止跳動？」薇若妮卡打斷他的話問道。

「五天以內，最多一週。」

薇若妮卡察覺到在年輕男人專業的外表及行為背後，在看似關切的背後，他似乎對他所說的事有一種深沉的愉悅，好似她應該被處罰，而且應該拿來做其他人的借鏡。

在她的生命中，薇若妮卡注意到有很多認識的人會和她討論別人生命中的可怕事物，表現出好像真的關心而願意去幫助他們，但事實上他們是以別人的痛苦來取樂，因為這使他們相信，他們的生活快樂且優越。她痛恨這種人，而且她不願意給這名年輕人任何機會，拿她的情況來佔便宜，來掩飾他自己的挫敗。

她以眼睛直視著他，並且笑道：「所以，我還是成功了。」

「是的。」他回答，而男人傳達這個壞消息所帶來的愉悅已經無影無蹤。

然而，到了晚上她開始覺得害怕。吞藥之後迅速地死去是一回事，但花五天或一個禮拜等待死亡的到來卻完全不同，尤其是在她經過這麼多事情之後。

∞

她的生命總是在等待些什麼：等父親下班回家、等情人從來沒寄到過的情書、等她年終的測驗、等火車、等巴士、等電話鈴響、等假日、等假期結束。現在，她必須等待死亡，它已經和她訂下了約會。

這只會發生在我身上。一般來說，人們都死在他們最不想死的日子。

她必須離開那裡，並且再吞下一些藥丸。如果她辦不到，唯一的解決之道就是從盧比安納的一棟高樓跳下去，她正準備這麼做；她曾經試著不要讓她的父母經歷不必要的痛苦，但是現在她別無選擇。

她看看自己。所有床位都睡著人，當中有些人打著響鼾。窗戶上有鐵條。在病房的盡頭，有一盞明亮的小燈，使整個病房充滿了奇怪的陰影，藉此醫院可以對病房保持經常性的警戒。靠近燈光處，有個女人正在讀書。

這裡的護士一定很好學，她們幾乎把所有生命都用來閱讀。

薇若妮卡的床是距門最遠的一張；在她的床和那名女子中間約有二十張其他的床。她困難地爬起身，如果依照醫生所言，她有將近三週的時間沒有下床了。護士抬頭看到這名女孩手拿著點滴，逐漸靠近她。

「我要去廁所。」她低聲說著，深怕把其他的瘋女人驚醒。

那女人隨意朝門的方向一指。薇若妮卡的腦筋動得很快，四處查看逃走的路徑、裂縫，以及出口。趁他們認為我還太虛弱、無法行動的時候，盡快行動。

她凝視自己。廁所是個沒有門的小隔間。如果她要從此處脫逃，她必須抓住那名護士，並制服她，以便從她那裡取得鑰匙，問題是她太虛弱了。

「這裡是監獄嗎？」她問護士，護士停止閱讀，並且注視著她的一舉一動。

「不，這是一家精神病院。」

「但我沒有精神病。」

這個女人笑起來。

「他們都是這樣說。」

「好吧，那麼，算我瘋了，但這又意味著什麼？」

這女人告訴薇若妮卡不要站太久，並把她送回病床。

「到底瘋了是什麼意思？」薇若妮卡依然堅持同樣的問題。

「明天再去問醫生，現在回去睡覺，要不然，不管妳願不願意，我只好給妳一針鎮靜劑。」

薇若妮卡聽從了她的話。在她走回病床途中，她聽到其中一張病床發出低語：

「妳不知道瘋了是什麼意思嗎？」

有一瞬間，她決意不要理會這個聲音：她可不打算交朋友，發展社交圈，在一片大混亂中建立起自己的小盟邦。她只打定一個主意：死亡。如果她真的無法逃脫，她會找到一些方法在這裡自殺，越快越好。

但是那個女人問了一個和她問護士一模一樣的問題：

「妳不知道瘋了是什麼意思嗎？」

「妳是誰？」

「我的名字是芮德卡。回妳的床，然後，等護士以為妳睡著之後，再爬回這裡。」

薇若妮卡回到床，等待護士重拾書本。瘋了的意思是什麼？她一點概念也沒有，因為這個字根本完全被濫用：例如，人們會說一些特定的運動員瘋了，因為他們想要打破紀錄；或是說藝術家瘋了，因為他們過著奇特、不穩定的生活，和一般人都不同。另一方面，薇若妮卡常在冬天看到一些人，穿著單薄在盧比安納街上走著，他們推著超級市場的推車，上面放滿塑膠袋以及毯子，宣稱世界末日即將到來。

她並不想睡。根據醫生的說法，她幾乎已經沉睡了一週，這對一個以往謹守作息時間，並且沒有太多激動情緒的人來說，已經太長了。瘋了是什麼意思？也許她應該去問一名瘋子。

薇若妮卡蹲下身，把針頭從手上拔掉，並且向芮德卡的方向前進，並且試著不要去理翻攪的胃。她不知道這種暈眩是不是因為她日漸衰弱的心臟，還是她現在正在做的事。

「我不知道瘋了是什麼意思？」薇若妮卡低語，「但我不是，我只是自殺未遂。」

「任何人只活在他們自己的世界裡就是瘋了。就像精神分裂症患者、精神病患者，以及瘋症患者。我指的是和別人不同的人。」

「就像妳嗎？」

「另一方面，」芮德卡繼續說，假裝沒有聽見薇若妮卡的話，「妳看愛因斯坦，他說沒有時間或空間，只有兩者的綜合。或像哥倫布，堅持世界的另一端不是大海深淵，而是一塊大陸。或者像海明威，說服大家一個人可以登上聖母峰。或者披頭四，他們創造了完全不同以往的音樂，穿得像是來自其他時代的人。這些人——以及數以千計的其他人——都是活在他們自己的世界裡。」

這個瘋女人講的很有道理，薇若妮卡自忖，想到以前她母親常告訴她有關聖徒的故事，他們發誓曾和耶穌或聖母瑪莉亞說過話。他們是不是也生活在另一個不同的世界？

「有一次我看見一個女人穿著一件低胸的衣服；她的眼神呆滯，漫步在盧比安納的街上，當時溫度是零下五度。我想她一定是喝醉了，我上前去幫她，但她拒絕了我要借她外套的提議。也許在她的世界中，正是盛暑時節。體內正因渴望著等待她的人而發熱。即使這個男人僅存在於她暫時性的精神狂亂中，但她有權利照她所想要的方式生或死，妳不這樣認為嗎？」

薇若妮卡不知道該說什麼，但是這瘋女人的話很有道理。誰知道，也許她就是那個在盧比安納街上半裸遊街的女人？

「告訴妳一個故事，」芮德卡說。「有一個魔法高強的男巫，他想要摧毀整個王國，他在井中放了一種有魔法的藥，所有的居民飲用了含有魔法的井水之後就會發瘋。

「到了第二天早上，所有喝了井水的人全都瘋了，除了國王及皇室家族例外，因為他們自己有一口井，所以免於被下魔藥的命運。國王很擔心，並且一連發了好多封有關管制安全及公眾健康的詔書，希望能夠控制住局面。然而，警察及督導員也都喝了魔水，他們覺得國王的命令是荒謬的，所以決定置之不理。

「當王國內的居民聽到有關國王所頒布的詔書，他們相信國王一定瘋了，才會發出錯亂的命令。他們列隊向城堡前進，要求他立即遜位。

「在絕望中，國王已經決定步下王座，但是王后阻止了他，並且說：『讓我們也去公用的水井取一些水來喝，那我們就和他們一樣了。』

「他們果然這樣做了：國王和王后也飲用了令人發瘋的井水，立刻和其他人一樣，開始胡言亂語。他們的臣民立刻悔悟，既然國王展示了如此的智慧，為何不讓他繼續統領國家？

「於是，雖然這個王國居民的行為和鄰邦大不相同，但他們繼續生活在平靜中，國王也一直統治著他的王國，直到他的生命完結。」

薇若妮卡笑了。

「妳似乎一點兒也沒瘋。」她說。

「但我是瘋了，雖然我目前在接受治療，我的問題是缺少一種特別的化學成分。不過，當我期望這種化學成分能治療我的長期性沮喪時，也同時希望能夠繼續發瘋，照我夢想的方式過日子，而不是照其他人想要的方式。妳知道在唯樂地的牆外，有什麼東西存在嗎？」

「是那些全從同一口井飲用魔水的人。」

「完全正確，」芮德卡說。「他們認為他們才正常，因為他們全都在做同樣的事。好吧，我也要假裝我和他們一樣，從同一口井中取魔水喝。」

「我已經如此做了，而這正是我的問題。我從來不曾沮喪過，也從未感到特別高興或悲傷，至少都延續不久。我和所有人的問題都一樣。」

有一陣子，芮德卡什麼也沒說，然後說：

「他們告訴我妳快死了。」

薇若妮卡遲疑了一下子。她可以信任這個女人嗎？她必須冒險。

「是的，大約五到六天內。我一直在想有沒有法子可以死得更快一點，不知妳或任何其他人，能否幫我拿到更多藥丸，我確定自己的心臟無法再捱過這一次。妳必須了解，等死是多麼糟糕的事，妳必須幫我。」

在芮德卡回答前，護士拿著注射針筒出現。

「我可以自己給妳一針，」她說，「或者，看妳的意見如何，我也可以要求外面的警衛來幫我一把。」

「不要浪費精力，」芮德卡對薇若妮卡說，「妳想拿到向我要求的那種東西，省省力氣吧！」

薇若妮卡站起來，回到她的床上，並且讓護士做她該做的事。

這是她在精神病院度過的第一天正常日子。她離開病房，在餐廳吃了點早餐，在餐廳裡，男人和女人一起用餐。她注意到這地方和一般電影中所描繪的情況——令人發狂的場景、狂叫、人們做著千奇百怪的姿態——有多麼不同，一切都被包裹在令人抑鬱窒息的沉默中；似乎沒有一個人願意將內心世界與他人分享。

∞

早餐後（早餐其實很不賴，唯樂地的惡名昭彰與它的餐食完全無關），他們都去戶外曬太陽。事實上，根本沒有什麼太陽——氣溫在零度以下，花園中滿是白雪。

「我不是到這裡來保存我的生命，我是來拋棄它的。」薇若妮卡對其中一名護士說道。

「妳還是要走去外面曬太陽。」

「妳才應該是瘋子；外面根本沒有太陽。」

「但是外面有亮光，可以幫助安撫病人。可惜，要不是冬天如此漫長，我們就可以減少許多工作。」

爭執是沒用的；她走到戶外，散了一會兒步，她朝四周看看，祕密地尋找脫逃的出路，牆壁很高，這是原來兵營的營建商要求的，但是放哨的瞭望塔卻空置著。花園四周圍繞著類似軍事建築的建物，現在分別住著男女病人，當作辦公大樓及職員的宿舍。首次的快速檢視後，她發現真正警備森嚴的地方只有大門，每一個經過大門出入的人，都由兩名警衛檢查文件。

一切似乎在她心裡重新定位。為了讓記憶力活躍，她開始回想所有小事情，像她以前用來放房間鑰匙的地方、新買的唱片，以及她最後從圖書館借的書。

「我是芮德卡。」一名向她接近的女人自我介紹。

一晚，薇若妮卡和她談話時，一直都是爬在她病床邊的地上，因此沒有機會看清楚她的臉。芮德卡大概三十五歲左右，看起來完全正常。

「我希望那一針沒有帶給妳太多麻煩。過一陣子，妳的身體就會習慣了，然後鎮靜劑就會失效。」

「我還好。」

「有關我們昨晚的談話，妳記得妳問我什麼嗎？」

「我當然記得。」

芮德卡挽著她的手臂，然後兩個人一起走進花園的枯樹林中。牆的外面，可以看到山脈消失在雲間。

「今天有點冷，但無損一個早晨的可愛，」芮德卡說，「說來奇怪，我從不會在一個像這樣陰冷、潮溼、多雲的天氣裡感到沮喪，我覺得大自然與我非常和諧，反映出我的靈魂。另一方面，當太陽出來時，小孩子們會跑到街上玩耍，大家也都會很高興這是一個可愛的日子，但是我卻覺得糟透了，好像因為我不能參與這樣一場盛宴而覺得不公平。」

薇若妮卡有技巧地掙脫，她並不喜歡身體上的接觸。

「妳昨晚還沒說完，妳正說到一些有關我問妳的話。」

「這裡有一票人，男的女的都有，他們可以離開這裡回家，但是他們卻不願離開。他們這樣做有許多的原因：唯樂地雖然遠比不上五星級飯店，但其實並不像人家說的那麼糟。在這裡，每個人都可以說他們想說的話，做他們想做的事，而不會遭到批評挑剔，畢竟，他們是在一座精神病院裡。然後，當政府派員前來視察時，這些男人和女人就表現得像危險的瘋子，因為他們有些人是用公家的錢住下來。醫生知道這情形，不過業主一定也指示讓這種情形維持下去，因為這裡的病床比病人還多。」

「他們可以替我拿到一些藥丸嗎？」

「試著和他們攀交情，他們稱自己為『兄弟會（Fraternity）』。」

芮德卡指著一名正和一群年輕婦女愉快交談的白髮女人給她看。

「她的名字叫馬莉，她也是兄弟會的一員。可以問她。」

薇若妮卡開始走向馬莉，但是芮德卡阻止了她：

「不，不是現在，她現在正樂著。她是不會為了取悅一個完全陌生的人，而打斷能帶給她快樂的事物。如果搞得她不爽，妳永遠不會有機會再接近她。『瘋子』永遠相信他們的第一印象。」

薇若妮卡對芮德卡說「瘋子」的樣子覺得很好笑，但她很擔心，因為此地的一切看起來是這麼正常，這麼好。在度過多年從工作地點直接到酒吧，再從酒吧到一些情人的床上，再從他的床到她的房間，再從她的房間到她母親房子的日子後，她現在所經歷的是她不曾夢想過的：一家精神病院、瘋子、瘋人療養院，這裡的人對人家說他們瘋了並不感到羞愧，這裡的人不用為了取悅他人而停止自己正在享受的事情。

她開始懷疑芮德卡是不是認真的，還是這只是精神病人假裝他們所居住的世界比其他人好的一種方法。但是這重要嗎？她所經歷的是一些有趣的、不同的、完全非預期的事：想像一個地方的人們假裝精神失常，以便於做自己真正想做的事。

恰在此刻，薇若妮卡的心臟怦然跳動。她忽然想起醫生曾經說過的話，因而感到害怕起來。

「我要自己走一下。」她對芮德卡說。畢竟，她也是「瘋子」，再也不用顧忌要取悅他人。

那女人走開，而薇若妮卡就站在那裡，看著唯樂地圍牆外的群山。有一股微弱的求生意志似乎要浮出檯面，但是薇若妮卡決定將它推開。

「我必須儘快取得那些藥丸。」

她的想法反應了她的處境；這和她想的差太遠了。即使他們讓她做所有她想做的瘋狂事，她也不知道該從何處著手。

她從來沒有做過什麼瘋狂的事。

ω

在花園待了一段時間後，每一個人都回到食堂，並且開始進午餐。然後，很快地，護士會把男女病人帶到一間巨大的休息室，休息室中分成許多不同的區域：那裡有桌子、椅子、沙發、一架鋼琴、一臺電視、以及一些可以讓你看到灰色天空及低雲層的大窗戶。因為房間直接面對花園，所以窗戶上並沒有鐵條。房門因為天氣冷而關著，但你只需要門把一轉，就可以再回到戶外，到樹林中散步。

大部分的人都坐在電視機前。有些人呆瞪著空處，有些人低聲和自己說話，但有誰在他們生命中的某個時刻不曾做過同樣的事呢？薇若妮卡注意到那個年紀大的女人馬莉，她現在正和一大群人聚在這個大房間的角落。她的身邊有一些病人經過，薇若妮卡企圖加入他們，以便偷聽這一群人在說些什麼。

她試著盡其所能掩飾自己的意圖，但每當她一靠近，他們就全部閉嘴，並且一齊轉過來瞪著她。

「妳想要什麼？」一名老人說，他似乎是兄弟會的領袖（如果此一團體真的存在，而且芮德卡並不像她表面上的那麼瘋）。

「沒什麼，我只是經過罷了。」

他們互相交換眼神，並且用頭部表達一絲生氣的姿勢。一個人對另一個人說：「她只是經過。」另一個人用更大的聲音再次重複了這句話，很快地，他們全部都叫囂著同樣的話語。

薇若妮卡不知道該怎麼辦，只是滿心害怕，呆呆地站在那裡。有一名魁梧，看起來很奸詐的男護士走過來，想知道發生了什麼事。

「沒什麼，」這群人的其中一名說道，「她只是經過。她就站在這裡，但她仍舊只是經過。」

整個團體的人全笑起來。薇若妮卡做出一個諷刺的表情、微笑、轉身、離開，這樣就沒人看到她充滿淚水的雙眼。她直接走進花園，連一件外套也沒披。一名護士試著叫她回來，但很快有另一名護士出現，在他的耳邊低聲說了一些話，於是兩個人就讓她平靜地留在寒冷的花園中。對於一個即將死去的人來說，沒什麼理由要她保持健康。

她既錯亂又緊張，對自己發著脾氣。她很早就學會，絕對不讓自己被激怒；每次當一個新的情況出現，你必須維持冷靜並保持距離。然而，這些瘋子卻故意讓她覺得羞愧、害怕、憤怒，產生一種想要把他們全部殺掉的衝動，以及用她從不敢用的字眼來傷害他們。

也許他們讓她脫離昏迷所施用的藥丸及治療，使她變成脆弱的女人，讓她無法再防禦自己。在她青春期時曾經遭遇過更糟的情況，然而這是她第一次無法忍住淚水。她需要回到從前的她，可以回報以譏諷，並假裝對這些侮辱完全不在意，因為她比他們所有的人都好。這個團體中，有任何人有勇氣去追尋死亡嗎？這些縮在唯樂地圍牆後的人能夠教她有關生命的事嗎？她絕不會靠這些人去做任何事情，即使她必須等上五、六天再死。

「一天已經過去了。只剩四、五天了。」

她走動了一下，讓冷空氣進入體內，以平復剛才流得太快的血液，以及跳得太厲害的心臟。

老實說，我人在這裡，來日無多，為什麼還要去重視那些我以前從來沒見過，而且很快就不會再見到的人對我的吼叫？而且還要感到痛苦與沮喪，還想去攻擊和防衛。為何要浪費我的時間？

但她正是在浪費自己所剩無幾的時間，為了護衛自己在一個陌生的世界裡所有的一個小小空間，在這個奇異的團體中，如果妳不願意被人強迫就範，就必須站起來準備戰鬥。

我無法相信，我從來不曾這樣。我從不曾為了一些蠢事而戰鬥。

她在冰封的花園中停下來。正因為她發現一切都是這麼愚蠢，她最後還是接受了生命自然加諸於她身上的東西。在青春期時，她認為當時做選擇太早；而今正值少壯期，她卻相信此時改變為時已晚。

在此之前，她都把精力花在什麼事情上呢？不過努力確定她的生命一如既往。為了父母還能像她是孩童時一樣的繼續愛著她，她犧牲了許多慾望，雖然她知道真愛會隨著時間改變及成長，而且真愛總是可以找到新的表達方式。有一天，當她聽到母親含淚告訴她，父母間的婚姻將告結束，薇若妮卡外出找到她的父親；她大哭大鬧，威脅她的父親，並且得到他的允諾，他答應不會離開家庭，但她從來沒想到父母為此付出了高昂的代價。

當她決定要找工作時，她拒絕了一間在新國家中剛起步的公司所提供的誘人條件，反而接受了公立圖書館的一份工作，這個工作賺的錢不多，但是很安定。她每天去工作，總是守著一樣的時間表，總是在上級面前維持一個不具威脅性的形象；她很知足，她不拚命也不成長，她所要的一切，就是在每月月底領薪水。

因為修女規定所有房客都要在一定的時間內回來，時間到了就會關門，趕不及回來的人只好露宿街頭，所以她在修道院租了房子。因此，她總是可以給男友們一個真正的好理由，這樣一來她就不用在旅館房間或陌生的床上過夜。

她曾經也夢想過結婚，想像自己和一個與父親截然不同的男人，一起住在盧比安納城外的小房子裡，這個男人可以賺到足夠的錢養家，而且也滿足於和她住在一個有爐火的房屋，從屋子裡可以看到外面白雪覆蓋的群山。

她曾被教導要給男人適度的歡愉，不多給，也從不少給，只給需要的量。她從不對任何人生氣，因為對人生氣表示必須要反擊，要與敵人作戰，然後就得面臨不可預知的未來，例如報復。

當她幾乎得到所有想從生命中得到的事物時，也得到她的生存再也沒有意義的結論，因為日復一日，毫無變化。所以，她決定不再活下去。

薇若妮卡回到屋內，並且走近聚在房間一角的那群人。那群人仍愉快地交談，但當她走近時，馬上陷入沉默。

她直接走到看起來像是領袖，也是最老的人面前。在任何人來得及阻止她之前，她搧了他一個清脆的耳光。

「你難道沒反應嗎？」她大聲地問，以便房間的每一個人都能聽見。「你難道不做些什麼嗎？」

「不，」那名男人回答，用手摸了一下臉。他的鼻孔滲出血水。「妳將有很長的一段時間不會打擾到我們。」

她離開休息室，勝利地回到病房。她做了過去她一生中從來沒做過的事。

她與芮德卡所謂的兄弟會發生衝突事件後三天，薇若妮卡後悔打了那一巴掌，並不是因為她害怕那男人的反應，而是因為她做了些不一樣的事情。如果當時她不小心，可能最後會發覺生命其實值得活下去，而這會給她帶來莫名的痛苦，因為她很快就要離開這個世界了。

她唯一的選擇是遠離所有人、事、物，她試著和以前一樣，遵守唯樂地的法則及規定。她讓自己適應醫院所訂下的例行流程：起床、吃早餐、在花園中散步、吃午餐、到休息室、再到花園中散步、吃晚餐、看電視、上床睡覺。

在薇若妮卡上床睡覺前，總是有一名護士帶著藥品出現。所有其他女人都服藥丸，只有薇若妮卡接受注射劑。她從不抱怨，她只是想知道，既然她並沒有失眠的問題，為什麼她要服那麼多的鎮靜劑。他們解釋，注射的並不是鎮靜劑，是為了她心臟而開的藥物。

接著，已經適應醫院日常流程的薇若妮卡，待在醫院的日子好像又開始一成不變。當所有的日子都一成不變時，時間過得更快；再過兩、三天，她就不用再刷牙梳髮了。薇若妮卡注意到她的聽覺越來越差；她一動不動就呼吸急促，胸部疼痛，且沒有胃口，即使是最輕微的事情都會讓她暈眩。

在和兄弟會發生衝突後，她有時會想：如果我有選擇，如果我早一點了解原來我的日子之所以一成不變，是因為我自己造成的，也許⋯⋯

但回答總是一樣：「這裡沒有也許，因為這裡沒有選擇。」她的內心重歸平靜，因為所有的一切早就被決定了。

在這段時間中，她與芮德卡形成了一種關係（不是友誼，因為友誼需要許多的相聚時間，而這是不可能的）。她們一起玩牌，這可以幫助時間過得更快，她們有時會一起在花園散步，但彼此之間並不說話。

一個特別的早晨，剛吃完早餐，他們全部都照規矩到戶外曬太陽。然而，有一位護士要求芮德卡回到病房，因為當天是她的治療日。

薇若妮卡剛和她一起進早餐，聽到了這個要求。

「什麼治療？」

「這是一種從六〇年代傳下來的老式治療法，但是醫生們認為這可能加速我的康復。妳要來看看嗎？」

「妳曾說妳很沮喪，難道妳吃下的藥還不夠補充妳缺少的化學成分嗎？」

「妳要不要來看看？」芮德卡堅持。

薇若妮卡想，她即將踏出脫離日常流程的一步，在她不需要再學習任何多餘的東西時，她卻即將發現新的事物，而現在她所需要的只是耐性。但是她的好奇心佔了上風，於是她點頭。

護士說：「妳知道，那可不是一場表演。」

「她就要死了。她根本沒看過什麼東西。讓她一起來。」

薇若妮卡看著這個女人被綁在病床上，仍舊保持微笑。

8

「告訴她會發生什麼，」芮德卡對男護士說。「否則她會嚇壞的。」

他轉過身，並且給她看注射器。他似乎對自己被視為醫生的身分感到得意，一邊向另一位較年輕的醫生解釋正確的程序及適當的方法。

「這個注射器裡含有一滴胰島素，」他以一種嚴肅、機械式的音調說話。「以前糖尿病患者用這個來對付高血糖。無論如何，當注射劑量遠超過平常時，則每一滴注入血糖的胰島素都可能引起昏迷。」

他輕輕地按一下針頭，將多餘的空氣排掉，然後將針頭插進芮德卡右腿的靜脈中。

「這就是馬上要進行的事。她將會進入一種誘導性的昏迷狀態。如果妳看到她眼神呆滯，不要害怕，當她受到藥力的影響時，不要指望她能認出妳來。」

「真是糟透了，一點人性也沒有。人類奮力掙扎是為了逃離昏迷，而不是陷入昏迷。」

「人類努力尋求的是生存，而不是自殺，」護士反駁，但是薇若妮卡完全不理他的意見。

「而一種昏迷的狀態可以讓有機體得以休息；所有功能都會急遽減低，而任何現存的緊張便會消失。」

他一面說話，一面將液體注射到芮德卡體內，芮德卡的眼神開始出現呆滯的樣子。

「別緊張，」薇若妮卡對她說。「妳當然很正常，妳告訴我關於國王的故事……」

「不要浪費妳的時間。她聽不見妳說什麼了。」

躺在床上的女人幾分鐘前還神智清明充滿活力，現在她的雙眼牢牢地定在遠方某一點，而且從嘴角一端開始冒出白沫。

「你做了些什麼？」她對著護士大吼。

「這是我份內的工作。」

薇若妮卡開始對芮德卡叫喊，並威脅著她要去報警、報告新聞界、人權組織等。

她看到這名男子全然嚴肅的表情，開始害怕起來。不過她畢竟再沒什麼可以失去了，於是她開始大叫。

從她所在的地方，芮德卡可以看到病房及病床。除了一張她躺著的病床外，其他病床全是空的，而她的床邊有個女孩站立，恐懼地盯視著她。那女孩並不知道躺在床上的人還活著，所有的生物機能均運作完美，然而她的靈魂正在天上飛翔，幾乎要碰到天花板，經歷著前所未有的平靜。

∞

芮德卡正在進行一場星際之旅，胰島素第一次造成她休克時，就有過這種吃驚的體驗。她不曾對任何人提起過這件事，她只是來這裡治療抑鬱，一旦治癒，她希望能永遠離開這裡。如果她告訴別人她曾離開自己的身體，他們會認為她比進唯樂地前瘋得更厲害。無論如何，一旦她返回自己的身體之後，她就開始針對胰島素造成的休克，和浮在空中的奇異感覺這兩個主題，進行研究。

關於治療本身的記載並不多。第一次使用胰島素治療大約在一九三〇年，但因為可能會對病人造成難以彌補的損害，立刻造成精神病院中全面禁用。某一次休克時，她趁星際旅行之際拜訪過伊格醫生的辦公室，當時他正好在和一位醫院業主談論這個主題。伊格醫生正說著：「這是犯罪。」然而對方卻回應：「是的，但它既便宜，效果又快！」「再說，又有誰會在乎瘋子的人權呢？沒有人會來抱怨的。」

即使如此，有些醫生還是會考慮這是治療抑鬱的一種快捷之道。芮德卡四處搜尋及借閱所有與胰島素休克有關的書刊，尤其是經歷過此種治療者的第一手報告。故事都一樣：恐怖，以及更多的恐怖，沒有一個人有過和她相似的經驗。

因此她理由充分地得出結論，胰島素和她的靈魂出竅，兩者之間並無關聯。相反地，這種治療方法卻有可能減少病人的心智能力。

她開始研究有關靈魂的存在，閱讀一些有關神祕學的書籍，然後，有一天，她忽然發覺自己掉進一大堆描述和她經驗相符的作品中：稱之為「星旅」（astral travel），許多人有完全一樣的經驗。有的只是描寫他們的感受，然而有的卻發展出探索的技巧。芮德卡現在完全知道這些技巧，而且她每天晚上都應用這些技巧到任何她想去的地方。

對於這些經驗及景象的描寫各有不同，但是都有相通的特點：在靈魂與肉體分離前所發出那奇怪、惱人的聲音，然後是一個衝擊，很快地喪失意識，接著是浮沉在空中的平安喜樂，以一根銀色的絃絲和肉體相連，這根絃絲可以無窮盡地延伸，不過在某一些傳說（當然是在書本中）中，如果讓絃絲斷裂，這個人也會死去。

不管如何，她的經驗顯示，無論離開多遠她都不會把紘絲弄斷。一般來說，這些書在教導她如何從星際之旅獲得更多東西上非常有用。例如，她曾學到，如果想從一地移到另一地，她必須集中心力，把自己投射在空間中，想像她想要去的地方。這和一般飛機的航線不同——必須飛到足夠的距離，才能從一地飛至另一地——星際之旅是經由神祕的通道旅行。妳想像自己在一個地方，然後妳以一種嚇人的高速，進入一個合適的通道，另一端的目的地就在眼前出現。

她也是經由閱讀才不再害怕居住在空中的生物。今天在病房中並沒有其他人，但她第一次離開自己的身體時，她發覺有很多人正在注視著她，被她驚訝的表情逗樂。

她的第一個反應是假設這些人是死人，正在醫院進行鬼魂的狩獵。然後，經由書本及經驗，她才了解，其中確實有少數脫離肉體的靈魂在那裡遊蕩，但也有像她一樣的活人，有的人發展了離開肉體的技巧，或是有人根本沒注意到他們身上發生了什麼事情，因為在世界的其他地區，人們只是在沉睡中釋放了他們的靈魂。

她知道今天是她最後一次利用胰島素進行星旅，因為她才拜訪過伊格醫生的辦公室，聽到他說已經準備釋放她——雖然她曾決意要留在唯樂地。從她離開大門的那一刻起，她就再也不會回來了，即使是靈魂也不會回來，她想要道別。

想要道別，確實有困難的部分：一旦在精神病院中，一個人慢慢就會習慣於瘋人世界中的自由，並且會耽溺其中。你再也不用負任何責任，努力去賺每日的花費所需，不用為俗世中令人厭煩的工作所擾。你可以花幾個小時的時間只是盯著一張照片，或是無意義地胡寫亂畫。許多事情都被容忍，畢竟，這些人有精神上的疾病。根據她自己偶爾進行的觀察，大部分進入醫院的病人，都有顯著地進步：他們再也不用隱藏他們的病癥，而「家庭」的氣氛更可以幫助他們接受自己的神經官能症及精神病。

在一開始時，芮德卡對唯樂地很著迷，甚至一度考慮一旦痊癒便加入兄弟會。但是她了解如果她夠敏感，能夠應付每天日常生活的挑戰，她在外面一樣可以繼續享受一切。就像人們所說，妳所需要做的只是控制住瘋狂。妳可以像一般正常人一樣地哭泣、發愁，以及生氣，只要妳記住，在上面，妳的靈魂可以對這些惱人的情況大笑特笑。

她很快就會回家，和她的孩子及丈夫重聚，這個部分的生活也自有它的魔力。當然找工作會很困難；畢竟，在盧比安納這樣的小城，好事不出門，壞事傳千里，她進唯樂地接受治療的事早已廣為人知。所幸丈夫賺的錢足敷家用，她可以利用閒暇時間繼續從事星際之旅，而且不用冒著使用胰島素的危險後遺症。

只有一件事，她不想再經歷，就是把她帶到唯樂地的那個原因。

抑鬱。

醫生說最近所發現的物質——血清素，是造成人類感覺的複合因素之一。缺少血清素可損害一個人集中精神於工作、睡眠、進食，以及享受生活的能力。完全缺少此一物質時，人會經歷絕望、悲觀、無用、可怕的疲倦感、焦躁、舉棋不定，最後就是陷入無止境的憂鬱，這將會導向完全的冷漠或自殺。

其他更保守的醫生說，任何生活上的劇烈改變，例如搬到另一個國家、失去一個所愛的人、離婚、工作或家庭的需求增高等，將會帶來沮喪。有些現代的研究，是根據冬天及夏天的拘留人數，指出缺少陽光也是造成沮喪的原因之一。

然而，在芮德卡的案例中，原因比其他任何人所揣想的更簡單：一個藏在她過去的男人，或是說，她對一名認識多年的男人所建構出來的幻想。

這真的很蠢。為了一個現在根本不知行蹤何在的男人，讓自己掉進沮喪和瘋狂的深淵，她年輕時，為他墜入無望的愛，因為，就像每一個平凡的女孩，芮德卡必須去經歷一場不可能的愛情。

然而，芮德卡和她的朋友不同，她們只是夢想著不可能的愛，她卻決定走得更遠；她決定去實踐這個夢。他住在海的另一邊，於是她賣掉所有的一切加入他的生活。他已婚，而她情願扮演情婦的角色，祕密地期盼他會成為她的丈夫。他忙得連自己的時間都沒有，她乾脆辭職，日夜在一家便宜的小旅館裡，等待他偶爾打來的電話。

雖然她為了愛押上一切，但這段關係並不成功。他從不直接說任何事，直到有一天，芮德卡忽然了解她再也不受重視，於是便返回斯洛維尼亞。

她吃得很少，回想著他們相聚的每一刻，一遍又一遍地咀嚼著他們在床上的愉悅時光，試著找到一些東西讓她自己相信這段關係還有未來。如此過了數個月。她的朋友都擔心她的情況，但芮德卡的內心深處告訴自己一切皆成往事；人的成長要付出代價，她只好毫無怨尤地付出。結果發生這樣的事：有一天早上，她醒來後，湧起了一片求生的意志；長這麼大以來的第一次，她痛快地吃了早餐，然後出外找了一份工作。她不但找到一份工作，也獲得一位英俊、聰明的年輕男子青睞，當時很多女人對他有意思。一年後，她嫁給這名男子。

她引起女性友人們既羨慕又高興的眼光。他們倆搬進一棟舒適的房子，花園裡可以看到流經盧比安納的河流，他們有了小孩，並且在暑假時到澳洲及義大利旅行度假。

當斯洛維尼亞決定要從南斯拉夫分離出來時，他被徵召進入陸軍服務。芮德卡是塞爾維亞人——也就是說，她是一個敵人——而她的生活也瀕臨崩潰邊緣。在接下來緊張的十天當中，軍隊準備應戰，而且沒有人知道宣布獨立的後果如何，有多少人的鮮血將為此流淌，芮德卡因而了解到自己有多麼愛他。她花費所有的時間向上帝祈禱，之前看似遙遠的上帝，現在成了她唯一的希望。她向聖徒及天使做出允諾，只要她的丈夫歸來，什麼都可以答應。

情況也正是如此。他歸來了，孩子們可以去教授斯洛維尼亞語文的學校上學，戰爭的威脅已移轉到隔壁的克羅埃西亞共和國。

過了三年之後，南斯拉夫與克羅埃西亞的戰爭轉移到波士尼亞，而媒體開始不斷地報導著由塞爾維亞人所釀成的大屠殺。芮德卡覺得因為幾個瘋子的瘋狂行徑而把整個民族貼上標籤這樣不公平。她的生活開始擁有了從前不曾想像過的意義：她以勇氣和驕傲為族人辯護，在報紙上撰寫文章，在電視上露面，組織討論會。這些事情並未產生效果，時至今日，所有外國人依然認為塞爾維亞人要為這些暴行負責，但是芮德卡知道她已經做了該做的，而她不能在此艱難的時刻遺棄她的兄弟及姐妹。她仍然可以依靠她的斯洛維尼亞老公、她的孩子們，以及不受雙方宣傳機器所操控的人們的支持。

有一天晚上，她步行時越過斯洛維尼亞的偉大詩人普列舍倫的雕像，開始思索普列舍倫的一生。當他三十四歲時，他來到一間教堂，遇到了一位名叫茱莉葉・培米克的女孩，他立刻就熱烈愛上這名正值青春期的女孩。如同古老的詩人一樣，他寫了許多詩給她，希望有一天她會嫁給他。

結果茱莉葉是一位來自中上階級家庭的女兒，而普列舍倫除了偶然在教堂驚鴻一瞥外，再也無法接近她。但是這次的邂逅激盪他寫出最好的詩，並且建立了圍繞著他名字的傳奇。在盧比安納城中的一個小廣場，詩人的雕像緊盯著某一點。如果你依照他的視線看去，你將會發現，在小廣場的另一端，有一棟房子的石頭上刻著一名女人的臉，那正是茱莉葉所住的處所。即使在逝去後，普列舍倫依然永恆地注視著他注定無望的愛。

如果他更努力一點去爭取呢？

芮德卡的心臟開始狂跳，也許這是某一種不祥之事的徵兆，也許是和她子女相關的一樁意外？她開始狂奔回家，卻發現孩子們正在看電視及吃爆米花。

然而，悲傷並未就此掉頭離去。芮德卡躺下來，一連睡了將近十二個小時，當她醒來時，實在不想起身。普列舍倫的故事讓她想起了她的第一個愛人，自從她離去後，他就再也沒有和她聯絡過。

芮德卡不禁自問：我更努力爭取了嗎？如果我只是接受情婦的角色，而不要強求事情以我所希望的方式進行？我為我初戀情人的努力比得上我為我同胞所做的努力嗎？

芮德卡說服自己的確盡了全力，但悲傷仍揮之不去。從前一度讓她覺得宛若天堂的河邊的家、深愛的丈夫、在電視機前吃爆米花的孩子，一步一步地轉向地獄。

今天，在許多的星際之旅和接觸許多高度進化生物後，芮德卡知道這些全無意義。她只是拿她注定無望的愛作藉口，藉之與她的現實生活決裂，因為這種生活並不是她真正想要的生活。

但在十二個月前，情況卻完全不同：她開始發狂地尋找遠在一方的舊愛，她花了許多錢在國際電話上，但他已不住在同一個城市，幾乎不可能再找到他。她以快遞寄信，但常被退回。她打電話給他所有的朋友，沒有人知道他到底怎麼了。

她的丈夫對所發生的事情毫不知情，這使她更為沮喪，因為他至少應該懷疑些什麼、吵鬧一番，抱怨、威脅著把她趕出家門。她最後相信，所有人，包括國際電話接線生、郵差，以及她所有的女性朋友們，都受到他的賄賂，假裝對此事漠不關心。

她將結婚時得到的珠寶首飾出售，並買了張機票遠渡重洋。直到有人終於說服她，美國是一個很大的地方，如果你並不知道要尋找什麼，根本沒地方可去。

有一晚，她躺著，為愛而忍受著前所未有的煎熬，這比當初她回到盧比安納過著日復一日的生活還要痛苦。當晚和接下來兩天，她都待在房間裡。第三天，她那既慷慨、又關心她的丈夫，請來了醫生。他難道真的不知道芮德卡試著要和其他男人聯絡，與人私通，要從受人尊敬的妻子角色變成祕密情婦，要永遠地離開盧比安納、離開家，以及她的孩子嗎？

醫生來了。她變得歇斯底里，並且把門鎖著，只有在醫生離去後她才打開門。一週後，她再也沒有足夠的意志力下床，並且開始在床上便溺。她不再多想，她的腦袋完全被那男人的片斷回憶占據，她也深信，他正在花力氣尋找她而未得。

她憤怒但慷慨的丈夫替她換床單、梳頭、安慰她一切都會平安無事。自從有一次，她毫無理由的摑了孩子一耳光，然後又跪下來，親吻他的雙腳乞求寬恕，並把自己的晚裝全撕成碎條，以示她的絕望和悔恨後，孩子們就再也不進她的臥室了。

接下來的一週，她把為她準備的食物潑灑一地、每天出入於現實好幾次、整晚醒著但白天睡著，有兩個人沒敲門就進入她的房間。其中一個人把她按在地上，另一個人給她注射了一針，她醒來時就到了唯樂地。

「沮喪，」她聽到醫生對她的丈夫如是說。「有時這是由最平凡的事情引起的，例如，在身體內缺少一種稱為血清素的化學物質。」

從病房的天花板上，芮德卡看到護士接近，在她的手上打了一針。那個女孩還是站在那裡，試著和她的身體說話，卻被她空洞的眼神嚇壞了。芮德卡考慮告訴她所有發生的一切，但是她又改變了主意：人們不會從別人的話語中學到任何東西，他們一定要自行尋找。

∞

護士將針頭插進芮德卡的手臂，注射葡萄糖。她的靈魂彷彿被一隻巨大的手抓住，離開了天花板，快速通過一條黑暗的通道，重回身體。

「哈囉，薇若妮卡。」

那個女孩看來嚇壞了。

「妳還好嗎？」

「是的，我很好。幸運地，我在這種危險的治療中活下來了，但這再也不會發生了。」

「妳怎麼知道？這裡沒有人尊重病人的願望。」

芮德卡知道，因為她在星際之旅時，曾經到過伊格醫生的辦公室。

「我不能解釋為什麼，但我就是知道。記得我問妳的第一個問題嗎？」

「是的，妳問我瘋了是什麼意思？」

「沒錯。這次我不會告訴妳故事了。瘋了就是妳無法和妳的思想溝通。這就像妳在異國，可以看到及了解在妳周遭的事，但是卻無法解釋妳需要知道什麼及需要什麼幫助，因為妳無法了解他們使用的語言。」

「我們都是這麼覺得。」

「而我們所有人，總有一些地方，是瘋的。」

在鐵窗外面的天空，雲層很厚，繁星如斗，月亮從山後升上來，是只有四分之一圓的新月。詩人愛滿月，他們寫了數以千計的詩，但是薇若妮卡卻最喜歡這種新月，因為還有成長及擴展的空間，在它無可避免地走向消蝕前，以光輝將它的表面全部填滿。

∞

她很想走向休息室的鋼琴，彈一首以前在學校所學的可愛奏鳴曲來慶祝這個夜晚。仰頭看天，有一種難以形容的幸福感覺，好似無疆界的宇宙本質向她展示了永恆。無論如何，她和她的慾望之間隔著一道不鏽鋼的門和一個總是無止境地在讀書的女人。此外，沒有一個人在夜晚時分彈鋼琴，她會把整個「鄰居」的人都吵醒。

薇若妮卡笑起來。所謂的「鄰居」就是充斥病房中的瘋人，事實上，這些瘋人全被餵食了讓他們沉睡的藥。

但是她的幸福感持續著。她起身到芮德卡的床邊，聽上去她也在睡覺，也許是她正從所經歷的可怕經驗中恢復過來。

「回到床上去，」護士說。「好女孩應該夢到天使或愛人。」

「不要把我當小孩。我可不是什麼都怕的溫馴瘋女人，我是精神錯亂、歇斯底里的，我不把自己的性命看成寶，別人的也一樣。反正，今天我很不爽，我想找個人說話。」

那位護士瞪著她看，對她的反應很驚訝。

「妳怕我嗎？」薇若妮卡問。「過幾天我就死了，我還擔心什麼？」

「妳為什麼不去散個步，親愛的，讓我看完這本書好嗎？」

「因為這是一座監牢，而監獄的獄卒卻假裝在看一本書，只是為了讓其他人認為她是一個有智慧的女人。然而，她卻是在監視著牢房裡的一舉一動，而且她保管著門的鑰匙好像在護衛著什麼寶藏似的。毫無疑問，她必須遵守所有的規則，因為在她日常與先生、孩子的生活中，可不是每天都能假裝自己是個大人物。」

薇若妮卡有一點兒顫抖，自己也不太確定為什麼。

「鑰匙？」護士說道。「那門一直打開在那裡。妳該不會認為我會把自己和一堆精神病人鎖在一起吧？」

她說的門一直開著是什麼意思？幾天前我想離開這裡，這個女人甚至跟我到廁所裡，她到底在講什麼？

「別把我想得那麼嚴厲，」護士說，「事實上我們這裡並不需要太多的保全措施，因為大家都注射了鎮靜劑。妳在發抖，是太冷嗎？」

「我不知道，我想一定和我的心臟有關。」

「如果妳願意，妳可以去散個步。」

「我真正想做的是彈鋼琴。」

「休息室其實離得滿遠，所以妳彈鋼琴應該不會吵到任何人。愛做什麼就去做吧。」

薇若妮卡的顫抖變成低沉、怯懦、抑制的啜泣聲。她跪下來，把頭放在這名婦人的膝頭上，哭了又哭。

護士把書放下，撫摸著薇若妮卡的頭髮，讓一波波悲傷淚水自然地流露。她們坐在那裡幾乎半小時之久，一個哭，一個安慰，雖然倆人都不知道為什麼。

啜泣聲最後終於停止。那名護士幫她站起來，以手臂攙扶她，帶她到門口。

「我有一個像妳一樣大的女兒。當妳第一次被送進來，身上插滿管子和點滴，我就很好奇為什麼一個有著大好前程又美麗的年輕女孩，會想要自殺。然後我聽到各種關於妳的流言蜚語，包括妳留下來的信，不過我不相信那是妳自殺的動機，還有那些妳因為一些難以置信的心臟問題而來日無多的謠言等。我不斷想到自己的女兒：如果她決定做這樣的事怎麼辦？為什麼有一些人會試著抗拒事物的自然秩序，無論發生什麼事，奮力活下來不是最根本的嗎？」

「這就是我哭的原因，」薇若妮卡說，「當我吞服那些藥丸時，我希望能夠殺死我所恨的一個人。我不知道還有其他的薇若妮卡活在我裡面，這是我能夠去愛的薇若妮卡。」

「是什麼原因讓一個人會恨自己？」

「也許是膽小吧！或是怕自己做錯事，不能達到其他人期望的那種永恆的恐懼。在不久前，我很快樂，我忘記自己是瀕死的人；然後，當我想起我的狀況，感覺嚇壞了！」

護士打開門，薇若妮卡走出去。

她怎麼能問我這些問題？她想做什麼，了解我為什麼哭嗎？難道她不知道，我完全是一個正常人，就像每個人一樣有慾望及恐懼，雖然現在已經太晚，但這樣的問題會讓我陷入恐懼？

她順著走廊往下走，靠著和病房一樣微弱的燈光照明來帶路，薇若妮卡現在知道時間太晚了：她控制不了她的恐懼。

我必須扶自己一把。我是那種做了決定就嚴格遵守的人，因為這種人通常都能看穿事情。

這倒是真的，在她的一生中，她曾藉由事物必然的後續發展看透許多事情，但都是一些不重要的小事，例如一個持續的口角紛爭，其實只要一個道歉就結束，或是不要打電話給一個她所愛的男人，只是因為她認為這段關係恐怕不會有結果。她對一些小事並不讓步，好像如此方可證明她是多麼與眾不同及強勢，事實上，她只是一個脆弱的女人，她從來不曾是個傑出的學生，在學校的運動項目也不出色，而在家的時候永遠都無法維持平靜。

她曾經克服過一些小缺點，但卻被一些很重要的基本事情打敗。她曾努力表現出獨立的形象，事實上，她卻迫切需要同伴。當她走進一個地方，每個人都會轉頭注意她，但她幾乎都是一個人虛度良宵，在修道院租來的房間內看電視，事實上她根本連頻道都懶得換。她給所有朋友留下自己是值得羨慕的女人的印象，而她也花費了大部分的精力試著去維持她為自己創造的形象。

基於此一原因，她從未有足夠的精力做她自己，就像世界上所有人一樣，需要其他人才能快樂。但依賴他人是如此困難，他們的反應難以預期，他們在自己周圍築上防禦的圍牆，他們的行為和她並無二致，假裝不在乎任何事。當有一些對生活持較開放態度的人出現時，他們要不完全地排斥，要不就使他們痛苦，把他們當做次等的「老實人」。

她讓許多人對她的毅力及決心印象深刻，但是這些力量如今何在呢？在空虛處。在死亡的等候室，在唯樂地，只有全然的孤獨。

薇若妮卡對自殺感到懊悔的念頭再度浮現，而她也重新把它推遠。她現在有一些在此之前從來不允許自己有的感覺：憎恨。

憎恨，某種幾乎和牆壁、鋼琴，或是護士一樣具體實在的東西；她幾乎可以觸摸到破壞的負面力量從自己體內逸出。她讓這個感覺浮現，不管它是好是壞，她已對自我控制、面具、適當的行為感到厭煩不已。薇若妮卡希望能夠在剩下的兩三天生命中，儘可能地活得不合時宜。

一開始她搧了一個老人耳光，又在一名護士面前淚如泉湧，當她想要真正的獨處時，她不再對別人溫良謙恭，現在她更盡情地感受憎恨，雖然如此，但她仍夠理智，不會將所剩無多的生命浪費在病床上接受麻醉，亂摔四周的東西出氣。

此刻的她恨所有事情：自己、世界、面前的椅子、走廊上一個壞掉的暖爐、完美的人、罪犯。由於她身處精神病院，反而得以感受一般人想要隱藏的東西，因為我們都是被教導要去愛、去接受、去尋求圓滑的處理方式、在避免衝突中成長。薇若妮卡恨所有一切，尤其是自己以往的生活方式，當時她從未發掘住在心中數以百計其他的薇若妮卡，這些薇若妮卡充滿興趣、好奇、生氣、勇敢，及大膽。

然後她開始感覺到自己對那些她所愛之人的憎恨：她的母親。她是一個很棒的妻子，整天工作，晚上還要洗碟子，奉獻自己的生命讓女兒可以受好的教育、知道如何彈鋼琴、拉小提琴、穿得像一個公主、擁有最新款的及地長裙和牛仔褲，但她自己所穿的卻是多年的舊衣，還經過一再的修改。

我怎麼能憎恨一個從來只會給我愛的人？薇若妮卡疑惑地想著，想再重新檢查自己的感覺。但一切已經太遲，她的憎恨已經被釋放，她自己打開了通住地獄的大門。她憎恨母親給她的愛，因為她竟然完全不要求回報，這違反自然法則，太荒謬，太不真實了。

這樣不求回報的愛，令她充滿了罪惡感，總是想要達到母親的期待，即使這表示要放棄所有的夢想。這種愛使她多年來免於經驗世俗所存在的困難及污穢，但也忽略了一點，她自己終究要面對，而屆時她可能失去抵抗的力量。

至於她的父親？她也恨她的父親，這和恨她的母親是不同的，因為他所有的時間都在工作，而且他知道如何生活，他帶她去酒吧和劇院，他們一起找樂子，在他還年輕的時候，她曾偷偷地像愛著一個男人般地愛著他，而不是像愛一個父親一樣地愛他。她之所以恨他，是因為他總是如此迷人，對所有人都如此開放，除了對她的母親例外，而她的母親才是最值得他如此對待的人。

她恨所有一切。堆滿了各種解釋與生活相關書籍的圖書館，曾強迫她花整晚時間學習算術的學校，除了老師及數學家之外，她不知道還有誰會學習算術而變得幸福。為何他們要強迫學生學習那麼多的算術及幾何學，或是其他堆積如山的無用的學問。

薇若妮卡將通往休息室的門推開，走到鋼琴前，將琴蓋打開，凝聚她所有的力氣，敲擊那些琴鍵。一陣憤怒、刺耳、吵鬧的樂音在空曠的房間迴響，一連串好像發自她靈魂的哭泣般尖銳的聲音從牆壁彈開，再回到她身上。對此刻的她來說，就是內心的真實寫照。

她再一次敲擊琴鍵，不協調的樂聲再一次在她四周迴響。

「我瘋了。我可以做這些。我可以恨，我可以在鋼琴上用力亂敲，反正又有哪個精神病人知道如何以正確的順序來彈奏這些樂音呢？」

她再度重敲鋼琴，一次、兩次、十次、二十次，而且她每敲一次，恨意似乎就減少一些，直到它完全消逝。

一陣深沉的寧靜充滿了她，薇若妮卡再一次凝視著星空及她最喜歡的新月，月兒以柔和的光線填滿她所在的房間。此情此景，如同無限與永恆攜手散步；你只需尋找它們任何一個，比方說，無邊無際的宇宙，即可感知另一個的存在，時光永不結束，也從不流逝，依然保存在「現在」，其中蘊藏了所有生命的祕密。當她從病房走到休息室的房間，曾感受到如此純淨的恨意，但現在她的心中已再無怨恨。她終於讓多年來壓抑在靈魂中的負面情緒得以浮現。她曾真實地感受到它們，現在它們已經變得多餘，可以從她身上離去。

ω

她靜靜地坐著，享受著這一刻，讓愛充滿在怨恨離去後的空蕩中。當她覺得此一時刻來臨，她轉向月亮，演奏著奏鳴曲，以向它致敬。她知道月亮會傾聽她的演奏，並且以她為榮，而這會招致天上群星的嫉妒。然後，她再為星星、為花園、為黑暗中無法看見，但她知道確實存在的山脈演奏。

當她為花園演奏時，另一位瘋子出現了，他叫愛德華，是一名無可救藥的精神分裂症患者。她對他的出現並不害怕；相反地，她對他微笑，而令她驚訝的是，他也回她一個微笑。

音樂可以穿透他那比月亮還要遙遠的世界；甚至可能創造奇蹟。

「我一定要買一個新的鑰匙了！」當伊格醫生打開唯樂地屬於他的小間診療室時，心裡想著。舊的鑰匙圈已經磨損不堪，而上面一小塊金屬裝飾盾在剛剛開門時，掉落到地板上。

∞

伊格醫生彎下腰，把它撿起來。他該拿這個刻著盧比安納盾形紋徽的裝飾品怎麼辦？他可以把它扔掉，或是找人重新鑲一下，再穿個新的皮帶，要不然拿給侄子當玩具好了。只是這些做法都很荒謬。鑰匙環本來就不值錢，而且他的侄子對徽章的興趣也不大；他所有時間都在看電視，或是玩義大利進口的電動玩具。伊格醫生自己也捨不得丟掉它，所以，他把它放回口袋裡；以後再決定該怎麼辦。

他在做一個決定前，總是考慮周詳，因此他是這家精神病院的負責人，而不是病人。

他把燈打開，冬天越來越長，黎明來得更晚。搬家、離婚以及缺乏光線是造成抑鬱案例增加的主要原因，伊格醫生希望春天早點來，以解決他一半的問題。

他看看今天的行事曆。他必須找出讓愛德華免於餓死的方法；精神分裂症使他的行為很難預料，而現在他又停止進食了。伊格醫生已經要求採取吊點滴的方式為他補充養分，但他不能永遠如此。二十八歲的愛德華曾是一名強壯的年輕人，但是他現在一丁點食物都不吃，這樣下去他會骨瘦如柴。

愛德華的父親會怎麼想？他曾是斯洛維尼亞共和國最年輕、最出名的大使之一。他曾是一九九〇年代初期與南斯拉夫進行艱難談判的代表之一。最後，他被安排替貝爾格勒政府工作多年，營救了許多指控他為敵人工作的誹謗者，至今仍是外交陣營的一員。只是，他這次代表不同的國家。他是一個極有權勢及影響力的人，每一個人都怕他。

就像之前伊格醫生擔心鑰匙圈上的盾形飾品徽章，他也短暫地擔心了一下愛德華的情況，但隨即放寬了心。大使目前關心的並不是他的兒子看起來好不好；因為他並不打算讓兒子擔任公職，或者當他被派駐在外地時，也不打算要他陪著周遊世界。愛德華會永遠待在唯樂地，只要他父親繼續享有豐厚的薪水，他都會待在這裡。

伊格醫生決定停止靜脈注食的方式，讓愛德華再多浪費一點食物，直到他自己願意吃飯。如果情況變得更糟，他將會寫一份報告，並且把責任推給唯樂地領導的醫生顧問團身上。他的父親曾經如此教他：「避免麻煩的最好方法就是分擔責任。」他的父親也是醫生，雖然他手上曾經造成多起不同的死亡事件，但有關當局從未找過他麻煩。

開完愛德華的停藥處方後，伊格醫生轉到下一個案例。根據報告，芮德卡．曼德爾完成了她的療程，已經可以離開。伊格醫生希望能親自見見她。對一個醫生來說，如果曾在唯樂地進行治療的病人家屬投訴病沒治好，那可真是糟透了，但這種事卻屢見不鮮，因為對任何在精神病院治療過一段時間的病人來說，很少能重新成功地適應正常生活。

並不是這家醫院的錯，也不是全世界醫院的錯；重新適應的問題事實上在各地都相同。就像監獄從未能矯正犯人一樣——監獄只會教導他們更多的犯罪——醫院所有的病患都是那些完全習於非現實世界的病人，在那樣的世界裡，任何事情都被允許，而且沒有一個人必須為他們的行動負責。

只剩下一種出路：治好瘋病。而伊格醫生也全心全意地投入，發展了一個足以形成精神病治療世界革命的理論。在精神病院裡，暫時性的病人與無法治癒的病人共同生活，會產生社會退化的過程，一旦開始，就不可能停止。芮德卡．曼德爾這次會回到醫院便是出於她自己的意願，她抱怨不存在的疾病，只是想親近那些比外面世界更能了解她的人。

總之，如果他能夠找出一個和「礬」（Vitriol）對抗的方法就好了，伊格醫生認為礬的毒性是造成瘋狂的原因，他的名字將載於青史，斯洛維尼亞也將天下聞名。在那一週，他得到一個天上掉下來的機會，是一宗準自殺案；即使失去全世界的財富，他也不願失去這次機會。

伊格醫生覺得很快樂。雖然他出於經濟考量，他有時不得不採用被醫學界唾棄的治療方式，例如胰島素休克法；同樣出於經濟考量，唯樂地採用一種新的精神病治療方式。他不但有時間及人力可以進行對礬的研究，而且得到業主的許可，讓這群自稱為「兄弟會」的團體繼續留在醫院內。該病院的股東們，對那些留院治療時間超過實際所需者採取容忍的態度（注意這個詞，是容忍，而不是鼓勵）。他們聲稱，基於人道理由，應該讓病癒的患者自行選擇，何時重歸社會，於是一群人如同住飯店一樣留在唯樂地，或當這裡是同好相聚的俱樂部。因此，伊格醫生決定把瘋子和精神正常的人放在同一個地方，好讓神智清明的後者為前者帶來正面影響。為了預防社會性退化，也為了阻止瘋子對已治癒的人有負面影響，兄弟會每一個成員，每天至少要離開醫院一次。

伊格醫生知道，股東容許健康的人還出現在醫院，表面上是基於他們口中的「人道原因」，其實只是個藉口。他們擔心斯洛維尼亞小而迷人的首都——盧比安納，沒有足夠的有錢瘋人可以涵蓋這些花費及現代化的建築。此外，公共衛生體系本身也經營好幾家一流的精神病院，唯樂地相比之下並沒有任何優勢。

當股東將舊的兵營改建為一所醫院時，他們鎖定的目標市場是遭受南斯拉夫戰爭影響的男人與女人。然而，戰爭十分短暫。股東們原本還十分篤定戰爭一定會再起，事實卻不然。

更糟的是，近期研究顯示，戰時固然造成一些精神病患，但數目卻遠低於因為壓力、枯燥、先天性疾病、孤獨，以及被遺棄所造成的患者。當一個社區要面對一個共同的問題，例如：戰爭、超級通貨膨脹，或是瘟疫時，自殺的數目會小規模地上升，然而罹患抑鬱、偏執，以及精神病的人數都明顯下降。一旦這些問題被克服，他們又會回到正常的水準，這表示，這些人只有在情況許可時，才會讓自己享受一下「瘋了」的奢侈，這正是伊格醫生的想法。

他的面前另有一份加拿大的調查報告。當地一家美國報紙進行一項票選活動，選出世界上生活水準最高的國家。伊格醫生讀著：

根據加拿大《統計學報》刊載，40％十五到三十四歲之間的人，33％三十五至五十四歲的人，及25％五十五至六十四歲的人已經有某種程度的精神疾病。估計每五人之中，就有一人因某種形式的精神失調而痛苦，而每八個加拿大人中就有一人，一生中至少會因精神方面的困擾而向醫院求救。

他們的市場可比我們大多了，他想，越快樂的人，同時也越憂愁。

伊格醫生又分析了幾宗案例，仔細地想著，哪些將在醫生會議分享，哪些將由自己獨力解決。等他做完分析之後，天色早已大亮，於是他把電燈關掉。

他立刻開始接待第一個來訪者：那個有自殺傾向的女患者的母親。

「我是薇若妮卡的母親，我的女兒現在怎麼樣了？」

伊格醫生考慮是否該告訴她實情，以免她胡思亂想——無論如何，他自己的女兒和病人有著相同的名字——但他還是決定最好什麼都不說。

「我們還不知道，」他撒了一個謊，「我們還需要一個禮拜的時間。」

「我不知道薇若妮卡為何這樣做，」女人涕泗縱橫，「我們一直都很愛她，我們犧牲一切，盡可能給她最好的東西。雖然我和我先生感情時好時壞，但我們總是盡力保持家的完整，面對不幸也苦撐下去，我們在這方面堪稱榜樣。她有一份好工作，長得也不錯，但是……」

「……但是她企圖自殺，」伊格醫生發言，「沒什麼好訝異的，事情就是這樣。人們就是無法與快樂共處。如果妳願意，我可以給妳看加拿大的統計報告。」

「加拿大？」

那婦人似乎愣住了。伊格醫生注意到他似乎分散了她的注意力，於是繼續下去。

「好吧，妳到這裡來不是想了解妳女兒的現狀，而是不想繼續對妳女兒企圖自殺的事情感到自責。她多大年紀？」

「二十四。」

「所以她是一個成熟、有經驗的女人，她知道她要的是什麼，而且完全有能力替自己作決定。這和妳的婚姻，或是妳和妳先生所做的奉獻犧牲有何相干？她自己一個人住有多久了？」

「六年。」

「妳看到沒？她基本上是獨立自主的。但是，有一位奧地利醫生——西格蒙德·佛洛伊德，我確定妳從未聽過他的名字——寫過有關父母與子女之間不健康關係的文章，到現在人們還是習於把責任全攬在自己身上。妳會以為印地安人相信如果兒子變成殺人凶手，是因為他的父母撫養所致？告訴我。」

「我不知道。」婦人回答，她無法抑止對醫生行為的疑惑，也許他受了病人的影響。

「好吧，我告訴妳，」伊格醫生說。「印地安人相信謀殺他人的凶手是有罪的，但他的社會、雙親、祖先並沒有罪。難道日本人會因為他們的兒子決定嗑藥，或是外出濫射人們而自殺？答案還是一樣的：不會！而且，就我們所知，日本人會因為丟了一頂帽子而自殺。有一天，我讀到一篇文章，上面說一名日本青年因為沒有通過大學入學考試而自殺。」

「你認為我可以和我的女兒談談嗎？」婦人問道，她對日本人、印地安人，或加拿大人都不感興趣。

「可以，可以，馬上就可以，」伊格醫生回答，對於被打斷話頭有點不悅。「但是，首先，我要妳了解一件事：除了一些特定的由精神病引起的嚴重案例之外，一般人只有在他們想要擺脫日常事務時才會發瘋。妳了不了解？」

「我了解，」她回答。「如果你覺得我沒能力照顧她，你可以省省力氣，我從來沒想過要試著改變我的生活。」

「很好，」伊格醫生似乎鬆了一口氣。「妳能想像在這個世界中，我們不用對生命中每一天重複的事物負責嗎？例如，如果我們全部都決定只有在餓的時候才進食，家庭主婦和餐廳可要如何是好？」

如果只有餓了才吃，那可要正常多了，婦人心中如此想道，但嘴裡什麼話都沒說，唯恐他可能不讓她見薇若妮卡。

「好吧，這將會帶來混亂，」最後，她還是說了。「我自己是一個家庭主婦，我知道這樣不行。」

「所以囉！我們吃早、中、晚三餐。我們必須在每天特定的時間起床，而且每週休息一次。有聖誕節，我們才能給別人禮物；有復活節，我們才能在湖邊待幾天。如果妳先生忽然被一陣突如其來的衝動攫住，想要在起居室中做愛，妳會怎麼想？」

這名婦人心想：這個傢伙在講什麼？我是來看女兒的。

「我會覺得很可悲。」她小心地說，希望她給了一個正確答案。

「好極了！」伊格醫生高聲說。「臥室才是做愛的正確地點。在任何其他地方做愛，會建立不良風氣，並造成混亂，而且會鼓勵混亂。」

「我可以看我的女兒了嗎？」婦人再問道。

伊格醫生放棄了。這個鄉下人永遠不會了解他在講什麼；她對於從哲學的觀點討論瘋狂毫無興趣，她只知道她的女兒曾經歷一場嚴重的自殺未遂，而且昏迷不醒。

他搖鈴，他的祕書進來。

「把那個企圖自殺的年輕女孩叫來，」他交代，「就是那個寫了封信給報紙，聲稱要以自殺的代價讓全世界知道斯洛維尼亞在哪裡的女孩。」

「我不要見她。我已經切斷所有與外在世界的連結。」

8

在休息室裡要說出這句話很困難，因為大家都在那兒。而看護工也不夠謹慎，竟然扯著嗓子告訴她母親在等她，好像這件事情跟大家都有關一樣。

她不想看到母親；因為這只會令彼此難過。最好母親當她已經死了。薇若妮卡總是痛恨道別。

看護工從他來的地方消失，她也繼續回去看她的山脈。一週後，陽光終於再度露臉，而她在前一晚就已經知道即將發生的事，因為昨晚彈鋼琴時，月亮早就告訴她了。

不，那是瘋狂，我已經失去自制力了。星球不會說話，或者只對自稱占星家說話。如果月亮對任何人說話，也應該是對患有精神分裂症的人說話。

那一刻，她想到這些，她發現胸部有一陣銳利的痛，而且她的手臂失去知覺。薇若妮卡感覺到天旋地轉。心臟病發作了！

她進入一種狂喜的境界，好似死亡將她從害怕死亡的恐懼中解放出來。好了，一切都結束了。她也許還是要經歷一些痛，但這不過是五分鐘的痛，卻換來永恆的平靜。她唯一能做的是閉上眼睛：在電影中，她最痛恨看到死去的人瞪大雙眼。

但是心臟病發作卻和想像中不同；她的呼吸變得沉重，薇若妮卡驚恐地了解到，她即將經歷最可怖的恐懼：窒息而死。她即將像被活埋，或是剎那間被扔進大海去一樣。

她踉蹌而行、跌倒、感覺臉上好似被人用力打了一拳，她仍然很拚命呼吸，但空氣就是進不去。最糟的是，死亡並未降臨。她對發生在周圍的事依然完全清醒，她還是能夠看到形狀和顏色，卻很難聽到其他人在說什麼；喊叫聲和驚歎聲好像很遙遠，如同來自另一個世界。除了這些，其他所有的事都是真的；空氣無法進入她的肺中，它就是不聽肺部及肌肉的指令，而她仍未失去知覺。

她感覺有人在觸摸她，並將她翻過身來，但她已經無法控制眼睛的運作，不斷地大幅眨動，輸送數以百計的圖像到她的腦裡，窒息和混亂的視覺融為一體。

過了一會兒，這些圖像也變得遙遠起來，而當這些極大的痛苦到達頂峰時，空氣終於進來了，她不由得發出一聲宏亮的呻吟，嚇得房間裡的每個人無法動彈。

薇若妮卡開始大吐特吐。災難的一刻總算過去，偏偏有一些瘋子開始大笑，令她覺得被侮辱、失落而動彈不得。

一名護士奔跑進來，並立刻在她手臂上打了一針。

「沒事了，冷靜下來，已經過去了。」

「我沒有死！」她開始大叫，往其他的病人爬去，把她嘔吐的穢物在家具和地板上亂擦亂抹。「我還是在這家鬼醫院，被迫和你們這些人鬼混，每天、每晚好像要死上幾千次，而你們這些傢伙對我卻連一丁點同情也沒有。」

她繞著護士轉，從他的手上搶過注射器，丟進花園裡。

「你要什麼？為什麼你不乾脆幫我注射毒液算了，反正我已經被宣判死刑了？你怎麼那麼冷血呢？」

她再也不能控制自己，再度跌坐在地板上，毫無節制的嚎啕、喊叫、放聲哭泣，但是有些病患卻對她骯髒的衣服大加取笑及批評。

「給她一針鎮靜劑，」一位匆忙走進來的醫生說，「控制一下情況。」

然而，這名護士呆在現場。醫生走出去，再回來時帶來兩名男護士及另一支注射器。那個男人抓住這名在房間中發瘋掙扎的女孩，然後醫生將鎮靜劑一滴不剩地往她那沾滿嘔吐物的手臂上注射。

在伊格醫生的診療室裡，她躺在一張鋪著清潔床單的純白病床上。

∞

他正在聽她的心跳。她假裝自己還在昏睡，但胸腔內必然發生了什麼變化，這點是根據醫生的喃喃自語聽出來的：

「不要擔心。以目前的健康情況看來，妳可以活上一百歲。」

薇若妮卡睜開眼。有人把她的衣服都脫下來了。是誰？伊格醫生？這是不是表示他看到她的裸體了？她的腦袋好像運轉得不太順暢。

「你剛剛在說什麼？」

「我說不要擔心。」

「不，你說我可以活上一百歲。」

醫生走到他的桌子旁。

「你說我可以活上一百歲。」薇若妮卡再次重複。

「醫學界裡沒有什麼是不可能的，」伊格醫生說，試圖遮蓋痕跡，「一切都可能發生。」

「我的心臟如何？」

「一樣。」

她不需要再多聽些什麼，面對一個嚴重的案例，醫生總是說：「妳會活上一百歲。」或是「妳沒什麼嚴重的問題。」或是「妳有一個年輕女孩的心臟及血壓。」甚至「我們需要重做一些測試。」等，彷彿擔心病人會把診療室砸了一樣。

她試著起身，但是做不到；一動就感覺天旋地轉。

「再多躺一下，直到妳覺得好一點。妳不會打擾我的。」

好吧！薇若妮卡想，但如果我會呢？

身為一個有經驗的醫生，伊格醫生有時還是保持靜默，假裝在自己的桌前閱讀文件。當我們和其他人在一起，他們卻什麼都不說時，情況就會變得有一些令人不安、緊張、難以忍受。伊格醫生希望這女孩能夠先開始說話，如此他便可為自己的論文和現行的醫療方法蒐集更多資料。

薇若妮卡依舊一言不發。她可能還為高濃度的麻中毒所苦，伊格醫生如是想，然後決定打破沉默，因為沉默已經造成了不安、緊張，且令人難以忍受。

「妳很喜歡彈鋼琴啊！」他說，盡量表現得無動於衷。

「那些瘋子也很喜歡聽。昨天還有一個男人聽得目瞪口呆。」

「是的，那是愛德華，他跟別人說他有多麼喜歡那音樂。誰知道，他也許可以恢復正常的進食。」

「一名精神分裂症病患喜歡音樂？而且他還向其他人提到此事？」

「是的，而且我敢打賭妳對這種病一無所知。」

看來像病患、有著染髮痕跡的醫生說得對。薇若妮卡常聽到「精神分裂症患者」這個字眼，但她並不明白這是什麼意思。

「然而，有任何治癒的例子嗎？」她問著，希望能知道更多有關精神分裂症患者的事情。

「這是可以控制的。我們還不知道在瘋人的世界裡到底發生了什麼。許多事都還是全新的，而治療方法與時俱變。一名精神分裂症患者往往有一種把自己從這個世界抽離的本能傾向，有時非常嚴肅，有時非常表面，完全視個人情況而定，直到某些因素迫使他建構出一個屬於他自己的現實。這可以造成完全的疏離，我們稱之為「緊張症」（catatonia），但有時候病人會自己恢復，至少可以讓病人工作，並過著幾乎正常的生活。這全靠一件事，環境。」

「你是說他建構自己的現實，」薇若妮卡說，「但什麼是現實？」

「那就是大部分人認定應有的狀態。它不一定是最好的，或是最合邏輯的，但它是滿足以整個社會為一體而產生的期待。妳看到我脖子上的東西是什麼？」

「你是說你的領帶？」

「完全正確。妳的回答合乎邏輯。正常人都會這樣回答：這是一條領帶！然而，一個瘋子會說我脖子上所圍著的是一個好笑的、完全無用的有色布料，而且以複雜的方式綁起來，它使空氣更難進入肺部，使脖子更難轉動。當我靠近風扇的時候，我要很小心，以免這條領帶被絞住。

「如果一個瘋子問我這條領帶是幹什麼用的，我必須說，當然是沒有用的。因為今日它已變成奴役、力量、疏離的象徵，連單純的裝飾都不是。領帶真正有用的功能是放鬆，當你忙了一天，回到家，將領帶一把扯掉，感覺好像你把自己從某些束縛中解放出來，雖然事實上並不盡然。

「但是這種解脫的感覺可以證明領帶確實應該存在嗎？不，不過，如果我去詢問一名瘋子和一位正常人這是什麼，那名清醒的人會說：這是領帶。誰是正確的並不重要，重要的是誰是對的。」

「所以只是因為我給一條色布正確的名字，你就得到我不是瘋子的結論。」

不，妳並沒有瘋，伊格醫生想著，他在這方面可是權威，在他診療室的牆上掛著許多不同的文憑。想取走自己的生命對一個人來說有其適當性；他認識許多人在做同樣的事，只是他們並沒有選擇令人反感的自殺方式，但他們卻住在醫院外，佯裝無辜和正常。他們只是慢慢地殺死自己，使用伊格醫生所謂的礬來毒害自己。

礬是一種有毒的化學物質，在他與不同的男女交談時，即可印證出一些徵候。現在他正著手寫關於此一主題的論文，然後將之交與斯洛維尼亞科學學院進行審查。這是自皮內爾醫生[2]下令病人應該解開桎梏，使醫療界震驚並體認到有些病人可能被治癒以來，精神錯亂的研究領域中最重要的一步。

至於原欲——佛洛伊德醫生曾經指出此為人類對性需求的化學反應，但是實驗室從來沒有成功地分離出其成分——當一個人發現自己在一個令人恐懼的情境中，人類有機體就會釋放出礬來。雖然這尚未經任何質譜儀測試證實，但是，它的味道卻很容易被認出來，既不甜也不酸，倒有一點兒苦苦的滋味。伊格醫生雖然尚未被正式承認發現此一致命的物質，但他卻借用了當年皇帝、國王，以及愛人們想要除掉眼中釘時喜歡用的名字為該物質命名。

2 Dr. Pinel，指法國精神科醫生菲利浦・皮內爾（Philippe Pinel, 1745-1826），提倡人道治療。

在國王及皇帝的黃金年代，人們可以羅曼蒂克地生與死。兇手會邀請他或她的下手對象共同享受一頓豐盛的晚餐，侍從會把飲料倒進精美的水晶杯中，而其中一杯飲料將會放進鬱。想像一下對方的一舉一動所引起的興奮，他拿起水晶杯，說一些溫柔或激動的話，飲用時好似裡面有多麼美味的飲料，給他的主人最後驚愕的一眼，然後倒在地上。

但這種毒藥，現在卻很不容易取得，而且非常昂貴，已經被更可靠的殺人手法所取代——左輪槍、細菌等。伊格醫生本質上是一個浪漫的人，重新使用這個如今默默無聞的名字，並且將之賦予他打算診斷的靈魂疾病，而他的發現很快就會風靡全世界。

奇怪的是從來沒有人描述過鬱是一種毒藥，雖然大部分受它影響的人可以指出它的滋味，他們將此毒害形容為「苦痛」。或多或少，每一個人在他們的體內都有一些「苦痛」，就像每個人體內都帶有肺結核桿菌一樣。但這兩種疾病只有在病人虛弱時才起而攻擊；在「苦痛」的案例中，疾病發生的正確情境是在人們對所謂的「現實」感到害怕時才發生。

有些特定的人，他們急切地去建構一個外界的威脅無法穿透的世界，經由驚人的防衛機制，抵抗外在的世界、新來者、新場所、不同的經驗，也造成他們內心世界空蕩貧乏，而「苦痛」就從這裡開始其無可替換的作用。

意志是「苦痛」（伊格博士喜歡稱它為「辔」）的主要目標。受到攻擊的人開始失去所有的欲望，然後，幾天之內，便無法離開他們自己構築的世界，他們花了無比的精力來建構高牆，以製造他們想要的現實。

為了避免外界的攻擊，他們也必須審慎地限制內部的生長。他們繼續工作。看電視、生孩子、抱怨交通，但這些事都是自然發生的，並沒有任何特別的動作隨之產生，畢竟，所有一切仍在控制中。

「苦痛」的毒害所形成的大問題是激情——恨、愛、絕望、熱切、好奇——也不再生成顯露。過一陣子，受苦痛之害的人完全沒有欲望。他們喪失了生或死的意志，這才是問題所在。

這就是為什麼痛苦的人會對於英雄和瘋子著迷，因為他們無懼生死。英雄和瘋子在危險上來說並無二致，他們奮力向前，不顧其他人的說法。瘋子自殺，而英雄會以理想之名自願殉道，但他們都會死，而受苦之人會花費許多日夜評論這些行為的光榮及愚蠢。唯有在此刻受苦之人有力氣攀爬到他的保護高牆上，凝視外面的世界，但接著他的手腳會疲累，於是又回到平常的生活。

慢性的受苦者大約一週才注意自己的毛病一次，多半在週日午後。在沒有工作及日常事務以減輕其徵候的情況下，他會覺得事情變得完全不對勁，因為他在漫長的週日午後煉獄中找到平靜，而對不斷的刺激變得敏感不安。

然而，週一終會到來，受苦者會立刻忘掉他的徵狀，他仍舊會詛咒沒有時間休息，而且抱怨週末總是過得太匆匆。

從社會的觀點來看，這種疾病唯一正面之處在於它已經成為典型，除了少數中毒太深，病患行為會影響他人的案例外，再也不需要隱瞞。大多數有苦痛的人，還是可以繼續在外面的世界生活，因為他們會在四周築起高牆，對社會及其他人也不會造成威脅，他們表面上好像參與社會事務，其實他們完全與世隔絕。

西格蒙德．佛洛伊德醫生發現原欲，並以精神分析的方式治療它引起的問題。除了發現轡的存在外，伊格醫生必須證明要治癒它也是可能的。他要在醫學史上留名，雖然他對將此文出版可能面對的困難尚無概念，因為「正常」男人對他們的生活已經心滿意足，而且永遠不會承認有此種病症的存在，即使「生病」養活了巨大的精神病院、化驗室，以及國會等產業。

「我知道這世界不會承認我的貢獻。」他對自己說，對於遭到誤解十分自傲。畢竟，這是所有天才必須付的代價。

「有什麼不對嗎？醫生？」女孩問道，「你好像飄進你病人的世界去了。」

伊格醫生不理會這個缺乏敬意的批評。

他說：「妳可以走了。」

薇若妮卡分不清白天或黑夜，伊格醫生開著燈，而且他每天早上都開燈。只有到了休息室，並且看到月亮時，她才發現自己睡著的時間遠超過她所想像。

8

在回病房的路上，她注意到牆上有一幅裱框的照片：那是在詩人普列舍倫塑像豎立前的盧比安納大廣場；大概是在星期天拍的，照片上有夫婦在散步。

她看了一下照片的日期：一九一〇年夏天。

一九一〇年夏天，在照片裡的那些人——如今他們的孩子和孫子都已不在人世——卻凍結在他們生命中特別的一刻。那些婦女們穿著寬大的衣服，而男人都戴著帽子，穿著外套、長筒橡膠鞋，打著領帶（或是瘋人所謂的一條色布），手臂下夾著一把雨傘。

當時有多熱呢？當時的氣溫必定像現在的夏季一樣，即使在陰暗處都有三十五度。如果一個英國人穿著適合這種炎熱天候的衣服出現——百慕達短褲及短袖襯衫——這些人會怎麼想？

「他一定瘋了。」

她開始完全了解伊格醫生的意思了，正如她已經知道的，雖然總是被愛被保護，但仍然缺少一項把這一切變成幸福的要素：她應該更瘋狂一點。

不管怎樣她的父母都會愛她，但是，她不敢為夢想拼搏，因為怕傷害他們，這個夢想深埋在記憶深處，雖然有時她會被一場演奏會或是偶然聽到的一張動聽的唱片喚醒。但是每次當她的夢想被喚醒，挫敗感就越強烈，她只能立刻將它埋回睡眠中。

薇若妮卡從小就知道她真正的願望就是成為一位鋼琴家。

這種感覺自從她十二歲開始上第一堂課時便揮之不去。老師也發現了她的才華，並且鼓勵她成為一名專業的鋼琴家。然而，每當她獲獎，興高采烈地對母親說她要放棄一切，把自己奉獻給鋼琴時，她的母親總會溫柔地看著她，說：「親愛的，沒有人能靠彈鋼琴維生。」

「要我去學鋼琴的是妳啊！」

「這只是為了要發展妳的藝術天賦。一個丈夫會喜歡妻子有這樣的才華；他可以在派對上炫耀。忘了要當一個鋼琴家的事吧，去讀法律，這才是妳未來的道路。」

薇若妮卡依母親的要求做了，她深信母親對生活的經驗足以了解現實。她結束了課業，上了大學，拿到一個好學位，但最後選擇當一名圖書館員。

「我應該更瘋狂一點。」但是，正如大多數人對事物習焉不察的態度，她已經發現得太晚了。

當她打算繼續往前走時，有一個人抓住她的手臂。鎮靜劑的威力仍然在她的血管裡流竄；因此，當精神分裂症患者愛德華小心地拉著她往反方向——即休息室走去時，她並沒有反抗。

天上仍是一輪新月，當薇若妮卡順應愛德華的要求，坐在鋼琴前時，她聽到有聲音從餐廳傳來，有人用外國腔調說話，薇若妮卡不記得在唯樂地聽過這個聲音。

「我現在不只想彈鋼琴，愛德華，我想要知道世界發生了什麼事，他們那邊在談什麼？那個男人是誰？」

愛德華微笑，也許對她所說的話一句都不了解，但她記得伊格醫生說過：精神分裂症患者可以在分離的現實中來來去去。

「我就要死了，」她繼續說，希望她的話對他有一點兒意義。「今天，死神用祂的翅膀輕輕掃過我的臉，即使不是明天，也是很快的將來，祂就會來敲我的門。如果你習慣了每晚要聽我彈鋼琴可不妙。

「沒有人應該讓自己耽溺在任何一件事上，愛德華，看著我，我正準備再一次喜歡陽光、群山、甚至生命中的問題，我正要承認無意義的生活全是自己的錯，而與別人無關。我想要看看盧比安納的大廣場，想感受愛與恨、絕望與厭煩，所有日常生活必須的簡單瑣碎的小事，這些也正是人生樂趣所在。如果有一天我能離開這裡，我會讓自己更瘋一點，因為所有人都是瘋子，事實上，最瘋狂的就是那些不知道自己瘋，只是不斷地重複做著別人告訴他該如何做的人。

「但是這些都不可能，你知道嗎？同樣的，你不能花整天的時間等待夜晚到來，等待其中一個病人替你彈鋼琴，因為這一切都不長久。我的世界和你的世界即將走到盡頭。」

她站起身，輕輕地觸摸這個男孩的臉龐，然後走向餐廳。

當她打開餐廳的門，她注意到一件不尋常的事；桌椅都被推到靠牆的地方，中央形成一大塊空地。坐在空地地板上的，是兄弟會的成員，他們正在聆聽一名穿西裝、打領帶的男人講話。

「……然後他們邀請了蘇菲派[3]的大師納蘇魯丁（Nasrudin）來演講。」他正說

3 Sufi，回教神祕主義的一支。

到一半。

門開了，所有人的眼睛都注視著薇若妮卡。穿西裝的男人轉向她。

「坐下。」

她坐在地板上，坐在馬莉旁邊，這個白頭髮的女人在第一次見面時表現得咄咄逼人。

出乎薇若妮卡的意料，馬莉給她一個歡迎的微笑。

穿西裝的男人繼續說：

「納蘇魯丁把講座定在下午兩點，那真是場盛會：上千個位子已經完全售出，還有七百多人等在室外，透過閉路電視觀賞納蘇魯丁的演講。

「兩點整，納蘇魯丁一個助理進來，說由於無可避免的原因，演講將會延後。有的人憤怒地站起身，要求退錢，並隨即離開。即使如此，演講廳內外還是有很多聽眾。

「下午四點鐘，蘇菲大師還是沒有現身，人群逐漸離去，在售票處拿回他們的錢。一整天已近尾聲，該是回家的時候了。到了六點，原來的一千七百位觀眾只剩下不到一百人。

「就在此時，納蘇魯丁進來。他看起來一副酩酊大醉的樣子，並開始和前排坐著的一位美麗年輕女子調情。

「這時留在現場的人從一開始的震驚轉為憤怒。這個人怎麼可以在他們苦等了四個小時之後，行為如此脫序？一些人的抱怨聲清晰可聞，但是蘇菲大師完全不理會。他繼續以響亮的聲音誇讚這名年輕美女有多性感，並且邀請她和他一起去法國。」

這算什麼大師呀！薇若妮卡想著，有時我真是無法相信這種事。

「衝著那些抱怨的人罵了幾句髒話後，納蘇魯丁試圖站起來，卻重重地摔在地板上。這些令人噁心的行為，使得更多人決定離開，並且稱他是跑江湖的騙子，他們聲稱要向媒體揭露這些騙人的把戲。

「只剩九個人還在。等到最後一群蔑視的旁觀者離去，納蘇魯丁站起來；他完全清醒，他的兩眼發光，馬上讓人產生一種智慧及絕對權威的感覺。『你們這些留到最後的人才是會聽我說話的人，』他說，『你們通過了心靈之路中最艱難的兩個測試：耐心等待適當的時機及有勇氣對你所遭遇的事情不失望。你們才是我想教的人。』」

「然後納蘇魯丁向他們分享了一些蘇菲派的心得。」

這名男子停下來，並從他的口袋裡掏出一支奇怪的笛子。

「讓我們休息一下，然後再一起冥想。」

會員紛紛站起來。薇若妮卡不知道該做什麼。

「妳也站起來，」馬莉說，「我們有五分鐘的休息時間。」

「還是走吧，我不想妨礙你們。」

馬莉把她帶到角落。

「妳都快要死了，難道什麼都沒學到嗎？不要成天在意妳妨礙到誰，不要想妳會打擾到隔壁的人。如果人們不喜歡妳，他們可以抱怨。如果他們沒有勇氣，那就是他們的問題。」

「那天，當我走向妳時，我確實做了一些以前不敢嘗試的事情。」

「只因為瘋子們開了一個玩笑，就把妳嚇到了。為什麼妳就不能堅守立場？妳還怕什麼呢？」

「怕失去尊嚴，大家都不歡迎我。」

「尊嚴是什麼？是每個人都認為你最好，舉止乖巧，對同伴充滿愛心？按照自然法則行事吧，去看幾部和動物有關的影片，看牠們怎麼爭奪地盤的。妳打了那一耳光，我們大家都很開心。」

薇若妮卡沒有多餘的時間去搶地盤，她改變話題，問那個穿西裝的男人是誰。

「妳有進步哦！」馬莉笑著說。「妳現在問問題，不再擔心是不是太輕率。他是個蘇菲大師。」

「什麼是蘇菲？」

「不清楚。」

不清楚。什麼意思？薇若妮卡不了解。

「蘇菲主義是回教苦修僧人的精神傳統。它的教師從來不會拚命顯示其智慧，而弟子會跳舞、旋轉，最後進入狂喜的狀態。」

「這有什麼用？」

「我也不太確定，但是我們的團體決心要體驗所有的禁忌。我這一生中，官方教導我們，追尋靈魂只會使人逃避現實的困難。可是妳回答我一個問題：妳難道不認為試著了解生命是一個真正的問題嗎？」

是的，當然，雖然薇若妮卡不確定所謂「真正」的意思。

那名穿著西裝，被馬莉稱為蘇菲派大師的男人，要求大家圍成一個圓圈坐下。他從一個花瓶中拿走了大部分的花，只留了一朵紅玫瑰在瓶中，然後把它放在圓圈的中間。

「妳看我們的世界改變了多少，」薇若妮卡對馬莉說，「曾經有瘋子堅決要在冬天讓玫瑰花盛開，而現在，在全歐洲，我們全年都有玫瑰。妳覺得一個蘇菲派大師，憑藉他所有的智慧，也想做什麼就能順利，是不是？」

馬莉似乎猜到她在想什麼。

「等一下妳再發表評論。」

「我會試著這樣做，雖然我只擁有現在，而且好像很短。」

「每一個人都一樣，而且它總是很短，當然，自己擁有過去，也將擁有更多，積累未來。對了，講到現在，妳常常手淫嗎？」

雖然施打鎮靜劑對她仍有影響，薇若妮卡幾乎立刻回想起她在唯樂地所聽到的第一句話。

「當我一開始被送到這裡來時，身上插滿從人工呼吸器穿過來的管子，我清楚的聽到有人問我是不是想要手淫。這是什麼意思？你們這些人就成天想這些事情嗎？」

「在這裡想，在外面也在想；只是在這裡我們不用隱藏事實。」

「那時候是妳在問我嗎？」

「不是，不過我覺得，全是為了好玩的原因，妳確實需要知道自己的快樂能達到何種地步。下一次，有一點耐性，妳也許可以把妳那位朋友帶來，而不要等他指示妳。即使妳只有兩天好活，我不認為妳應該在不知道自己的能力極限下離開這一次的生命。」

「不過我的朋友是一個精神分裂症患者，他正等著我再去彈琴給他聽。」

「他確實長得很不賴。」

穿西裝的男人叫大家安靜，打斷了她們的交談。他要大家排除雜念，集中注意力在玫瑰上。

「思緒會回來，但是試著把它們推到一邊。你有兩個選擇：控制你的心智，或是讓你的心智控制你。你已經對後者的經驗相當熟悉，容許你自己被恐懼、緊張、不安全感所橫掃，因為我們都有自我毀滅的傾向。」

「不要把瘋狂和失去控制混為一談。記住在蘇菲派的傳統中，大師納蘇魯丁正是被所有人稱為『瘋子』的那種人。而這是很正確的，因為追隨他的人當他是瘋子，所以納蘇魯丁可以隨心所欲想說什麼就說什麼，想做什麼就做什麼。他就像是中世紀宮廷中的小丑、弄臣；大膽冒險向國王提出危機警告，這些話是害怕失去職位的大臣所怯於吐實的。」

「你們現在就該這樣；繼續當個瘋子，但行為卻要像個正常人。冒著特立獨行的風險，但是要學會不引人注意。集中注意力在這朵玫瑰花上，並且讓真正的

『我』顯露出來。」

「什麼是真正的『我』？」薇若妮卡問。也許在場的其他人了解，但是，管他呢！她必須學著少去煩惱會不會打擾到別人。

那個男人似乎對這個打斷很驚訝，但是他依然回答了她的問題。

「就是『妳是什麼』，而不是『人家認為妳是什麼』。」

薇若妮卡決定沉入冥想，盡可能的努力集中精神探索到底她是誰。在唯樂地的這些日子，她感受到以前從未曾有過的一些強烈東西——怨恨、愛、害怕、好奇、想要活下去的欲望。也許馬莉是對的：她真的知道高潮是什麼嗎？還是她只是隨著男人起舞而已？

穿西裝的男人開始演奏笛子。漸漸地，音樂令她的心情平靜下來，然後她試著集中精神在那朵玫瑰上。也許是鎮靜劑的功效，但事實上，自從離開伊格醫生的診療室後，她感覺好極了。

她知道自己很快就會死，但為何要害怕？這一點幫助都沒有，反正也不能避免致命的心臟病突發：最好的計畫是享受她所剩不多的時日，做一些她以前從未做過的事情。

音樂很柔和，餐廳微弱的燈光造就了一種類似宗教的氣氛。宗教：為何她不試著再發掘自己更深層的內在，看看她的信仰和信心還剩下多少？

然而，那音樂卻引領導她到了別的地方：放空你的心智，停止去想任何事情，只要「空」就好。薇若妮卡摒除了自我去體驗；她凝視玫瑰，看看自己到底是誰，喜愛自己的所見所感，只是後悔自己曾對生命輕率。

冥想結束了，蘇菲大師也離開了。馬莉又繼續在餐廳待了一陣子，和其他兄弟會的成員談話。薇若妮卡說她很累，然後立刻離開；畢竟，她早上注射的鎮靜劑強得足夠迷昏一匹馬，然而她還是有足夠的體力可以全程保持清醒。

∞

「年輕就是這樣啊！它根本不問身體是否受得了，就逾越了自己的極限。然而，身體總是受得了。」

馬莉並不累；她睡到很晚才起床，於是決定到盧比安納走走——伊格醫生要求兄弟會的成員每天都要離開唯樂地。她去看了場電影，是一部超級無聊的婚姻衝突片，所以又在座位上睡著了。難道沒有其他的主題嗎？為什麼老是重複同樣的故事——丈夫有情人，丈夫和太太及生病的子女，丈夫有太太、情人，和生病的子女？世界上大有更多值得一談的事情。

餐廳內的交談並未持續太久：冥想使兄弟會的成員感覺放鬆，而他們全部準備回到病房，但馬莉卻想到花園走走。途中，她經過休息室，看到那個年輕的女人還沒有回到床上。她正為愛德華那個精神分裂病患演奏。瘋子就像小孩一樣，不達目的絕不罷休。

寒風刺骨。馬莉回到室內，抓了一件外套又出去。在室外，遠離眾人視線，她燃起一支香菸。她抽得既慢又理直氣壯，想著薇若妮卡、聽到的鋼琴聲，以及在唯樂地牆外的生活，對任何人來說，那都是難以忍受的。

在馬莉的看法中，令人難以忍受的並非混亂、漫無組織，以及無政府主義，而是過多的規定。社會上有越來越多規則，而法律又與規則相抵觸，新的規則又與法律抵觸。各種規則指導每個人的生活，人民戒慎恐懼，唯恐不小心逾越範圍。

馬莉知道自己在講什麼；當她被送到唯樂地以前，有四十年的時間在做律師的工作。她已失去了早年生涯中對正義捨棄的天真觀點，而且了解法律並不是用來解決問題，而是用來無限制的延長紛爭。

真可恥，阿拉、耶和華、上帝——不管你們替祂安的是什麼名字——不曾居住在現在的世界，因為如果祂在，我們還會待在伊甸園，祂則會被一大堆的上訴、請願、要求、禁制令、初審判決等陷入泥沼，而祂將亞當及夏娃逐出伊甸園的決定，也必須重新以無數的審判替代，因為他們吃了知識之樹上的果實，違反的不過是一個專斷的私人律法而已。

如果祂不要此事發生，祂為何不把樹放在花園中央，而不是放在伊甸園的牆外？如果她被召喚來為這對夫婦辯護，她會毫不遲疑地控訴上帝行政過失，因為，除了不該把樹誤種在錯誤的地方，祂也沒有在樹的四周放置警告標誌及阻礙物，甚至連最起碼的安全警戒都沒有，因而祂使所有人暴露在危險之下。

馬莉也可以控訴祂犯了教唆罪，因為祂明白地告訴了亞當與夏娃何處可以找到那棵樹。如果祂什麼都不說，可能世世代代的人經過那棵樹，都不會對禁果有一丁點興趣，因為假設這棵樹是在一片類似的樹林中，並無特別的價值。

但是上帝並沒有這樣做。祂首先立了一個規則，然後想方設法引誘某人違反規定，目的只是為了發明「處罰」。祂知道亞當與夏娃遲早會因世界過於完美而枯燥無聊。祂設了一個陷阱，或許也是因為全能的上帝對萬事進展順利而感到無聊：如果夏娃沒有吃那個蘋果，在往後的數十億年也不會發生任何有趣的事情。

當法律被破壞時，上帝，全能的審判者，甚至假意去追他們，好像不知道有多少可以躲藏的地方。祂有天使在天上把風，享受著狩獵的樂趣（自從撒旦離開天堂後，天堂的生活對他們而言一定十分沉悶）。祂開始在花園中走來走去。馬莉想著以聖經為腳本而製作的懸疑電影中，這真是很棒的一齣戲：上帝的腳印、夫婦倆交換著驚懼的眼神、忽然腳步在他們藏身的地方停了下來。

「你在哪裡？」上帝問。

「我在園中聽到你的聲音，我就害怕，因為我是光著身子的；於是我把自己藏了起來。」亞當回答，不知道他說的這些話，正是對罪行的招供。

所以，用一個簡單的詭計，假裝不知道亞當在哪裡，也不知道他們為何要逃走，上帝得到祂想要的。即使如此，為了充當觀眾，正在專注地看著這齣戲的天使沒有疑慮，祂決定更進一步。

「誰告訴你你是光著身子？」上帝說，知道這個問題只可能有一個答案：因為我吃了那棵知識之樹上的善惡之果。

以這個問題，上帝向天使們顯示了祂是一個公正的神，而祂對這對夫婦的判罪完全依據紮實的證據。從那時起，這不再是歸咎錯在女人，還是懇求原諒的問題。上帝需要一個範例，所以其他的生物，不管是地球的，還是天堂的，再也不敢違抗祂的決定。

上帝驅逐了這對夫婦，而他們的子孫也要為此罪行付出代價（現在罪犯的子女也是一樣），因此發明了司法制度：法律、法律的違反（不管是多麼不合邏輯或荒謬）、判決（這方面，有經驗的要比老實誠樸的更能獲勝），以及處罰。

既然所有的人類都被判罪，而且沒有上訴的權利，人類決定要建立一個防禦機制，以抗衡上帝再度使用祂專斷仲裁的可能性。不管如何，千年來的實踐造就許多的法制，結果到最後，我們過頭了，法律變成一團糾纏不清的條款、法理學、矛盾的內容，沒有一個人能完全了解。

有因就有果，當上帝改變心意，派了祂的獨生子來拯救世界，結果發生了什麼？祂陷入祂自己編織出來的司法羅網。

法律的混亂不清造成巨大的混亂，最後上帝之子被釘上十字架。過程並不簡單：祂從亞拿尼亞人被移到猶太教大祭司該亞法的手中，又從祭司轉到審判耶穌的總督彼拉多手中，彼拉多聲稱羅馬法規中的法條並不充足。再從彼拉多轉到以殘暴聞名的希律王手中，希律王則聲稱猶太法規中並不允許死刑。希律王再把耶穌轉回給彼拉多，彼拉多找到一條解決之道，他提供民眾一個司法交易：他杖責耶穌，並且將祂所受的創傷展示給民眾看，但還是不管用。

就像今日負責起訴的檢察官一樣，彼拉多決定擔起公訴：他提出將在耶穌和巴拉巴當中釋放一人，他當時知道，審判要以戲劇性的結尾收場：犯人的死亡將是眾望所歸。

最後，彼拉多使用法律條文來判決，而並未假設被處決的那個人是不是無辜。

他洗了手，這表示「兩條路我都不完全確定。」這只是保障羅馬司法系統，而又不損及當地官方關係的一項計謀，甚至把決策的重要性轉嫁到民眾身上，以避免此一處刑會帶來任何問題，而一些來自帝國首都的監督者則親自來看看到底事情進行得如何。

正義。法律。雖然兩者在保護無辜者上都十分重要，但他們並不依隨每個人的喜好而執行。馬莉很高興能夠遠離那些混亂，雖然，今天晚上聽著鋼琴聲，她並不完全確信唯樂地對她而言是一個正確的地方。

「我一旦決定離開這裡，我再也不會回到法律界。那些人自以為是、自命不凡，其實他們生活的唯一重心就是給其他人帶來煩惱。我要做一個女裁縫師、刺繡工，我要在市劇院外賣水果。那些無意義的繁文縟節，我已經經歷過了。」

在唯樂地，你可以抽菸，但不能在草地上按熄菸蒂。她很高興地違犯規定，因為在唯樂地的最大好處是你不必遵守所有的規則，即使你打破規則，也不必承擔重大的後果。

她走到門口。守衛——那兒總是有一個守衛，畢竟，這是法律規定的——向她點頭，並為她打開門。

她說：「我沒有要出去。」

「琴聲多美啊，」守衛回答，「我幾乎每天晚上都聽到它。」

「但很快就聽不到了。」她一面說，一面快步離開，以免還要解釋。

她記得當這名年輕女孩進餐廳時，曾從她的眼光讀到一種東西：害怕。害怕。薇若妮卡也許會覺得不安全、害羞、羞愧、拘謹，但為什麼她覺得害怕？人只有在遇到真正的威脅時才會如此：凶猛的野獸、武裝的攻擊、地震，但並不是一群聚集在餐廳的人。

但是人類就是這樣，她說，我們幾乎以害怕取代了所有情緒。

馬莉知道她在說什麼，因為這也是把她帶來唯樂地的原因：驚恐的情緒來襲。

馬莉的房中有關於此一主題的豐富論文。現在人們都開放地討論它，她最近也從一個德國電視節目中，看到人們公開討論他們的經驗。同一個節目中，一項調查報告顯示，在所有人口中，有顯著比例的人為驚恐的情緒來襲所苦，而大部分受到影響的人，為了怕被誤認為瘋狂，都會試著隱藏他們的徵候。

但在馬莉受到第一次的驚恐情緒攻擊時，並不知道這代表什麼。這真是地獄，她想，又點燃了另一根香菸。

鋼琴仍在演奏，那女孩似乎有彈一整晚的精力。

打從這女孩住進唯樂地，很多病人開始心神不寧，馬莉亦是其中之一。一開始，她試著迴避，害怕喚醒她的生存意志；既然死亡無可避免，還是讓她繼續求死吧。伊格醫生讓大家知道，雖然她每天都會接受注射，但她的身體狀況會日漸變壞，而且不可能挽救。

住院病人了解此一訊息的意義，並和這名宣告無可救藥的女人保持距離。不過沒人明白到底發生了什麼事，薇若妮卡開始為了活下去而拚命奮鬥，只有兩個人肯靠近她，一個是明天即可離開的芮德卡，以及不太講話的愛德華。

馬莉必須和愛德華談談；他總是尊重她的意見。他難道不明瞭他正把薇若妮卡拉回這個世界，而這對一個活命無望的人來說是最殘酷的事情。

她考慮過千種和愛德華解釋情況的方式，但這些方法都只會令他內疚，她絕不會做這樣的事。馬莉想了一下，決定讓事情自然發展。她已經不做律師了，不要在這個無法無天的地方，制定任何行為準則立下壞的榜樣。

但是這名年輕女孩的出現感動了許多人，有些人真的準備再度思考他們的生命。在一次與兄弟會的會議中，有一個人試著解釋發生了什麼事情。在唯樂地，死亡一般來得很快，任何人都沒時間再思考，或是在長期臥病後，死亡往往還是好事。

這個年輕女孩的案例非常戲劇化，她是如此年輕，而且她重燃求生意志，但有些事他們都知道不可能。有些年輕人自問：「如果這件事發生在我身上會怎麼樣？我有機會活下去。我好好利用它了嗎？」

有些人根本不在乎答案；他們早就放棄了，他們早已屬於那個既無生亦非死、沒有空間也沒有時間的一分子。然而，另一些人卻被迫重新思考，馬莉亦是其中之一。

薇若妮卡停止彈奏一陣子，看著在花園裡的馬莉。她只穿了一件薄外套抵禦夜晚的寒氣；她想死嗎？

∞

「不，我才是那個想死的人。」

她回去彈琴。在她生命的最後幾天，總算實現了她的夢想；全心全意地彈琴，想什麼時候彈便什麼時候彈，想彈多久就彈多久。對她來說，即使全部觀眾只是一個瘋子也無所謂：他似乎了解音樂，這才重要。

馬莉從未想過要自殺。相反地，五年前，在今天她去的同一家電影院，她曾經看過一部可怕的片子，是描述薩爾瓦多的貧窮，那部影片對她的生活產生了重要的影響。當時，她的子女都已經長大，各自發展自己的事業，於是她決定離開令人生厭的、無止盡的律師工作，為一些人道組織奉獻餘生。到處都聽得到這個國家內戰的謠言，但馬莉並不相信。在二十世紀末，歐洲共同體不可能會讓一個新戰爭在自家門口爆發。

∞

無論如何，在世界的另一邊，少不了悲劇發生，其中之一就是薩爾瓦多的悲劇，在那兒，饑餓的兒童被迫輾轉街頭、流離失所，終而賣淫維生。

「這真是糟透了。」她對坐在身旁的丈夫說。

他點點頭。

馬莉這個決定已經拖延很長一段時間，但也許現在是和他談談的時刻了。他們可能獲得了生命中所有能得到的美好事物：一個家、工作、優秀的子女、適度的舒適、興趣，和文化。為何不為其他人做點事，以求改變？馬莉曾和紅十字會組織接觸，而且她知道全世界各地都迫切地需要義工。

她已經對官僚體系與法律糾紛的纏鬥深感厭倦，對自己無能幫助經年被官司問題煩擾的人感到疲憊。倘若與紅十字會併肩工作，她可以立即看到成果。

她當下決定，當他們離開電影院時，要請丈夫去喝一杯咖啡，順便再討論一下她的想法。

就在銀幕上出現薩爾瓦多官員，對一些新的不義行為提出一些令人生厭的解釋時，馬莉忽然注意到她的心臟跳得更快了。

她告訴自己這沒有什麼。也許是因為電影院通風不佳所造成的；如果症狀持續下去，她就要走到外面的休息室，呼吸一下新鮮空氣。

但是萬事自有其規律；她的心臟跳得越來越快，一陣冷汗中，她崩潰了。

她既害怕又疲倦，已無法集中注意力在影片上，以驅逐任何負面的感覺，但是她知道自己再也無法注意銀幕在演些什麼。馬莉可以看到影像和下方的字幕，但是她似乎進入一個完全不同的世界，而這個世界是她所不知道的。

她對丈夫說：「我覺得不舒服。」

她已經盡可能把告白的時間拖長，因為這無異於承認有一些問題發生了，但是她已經撐不下去了。

「我們到外面去！」她的丈夫說。

當他牽著妻子的手，想要幫助她站起來時，發現她的手是冰冷的。

「我恐怕走不了那麼遠，請告訴我，我到底怎麼了？」

她的丈夫也感到害怕。冷汗從馬莉的臉上涔涔流下，眼中有異樣的光芒。

「保持冷靜，我出去幫妳找一個醫生。」

絕望一把將她牢牢攫住。他所說的當然完全正確，但是所有的一切——電影院、半暗的光線、人們肩併肩地盯著光亮的銀幕——所有的一切看起來是那麼具有威脅性。她非常確定自己還活著，她甚至可以觸摸到周遭的生命，像能懂東西一樣。這種感受以前從來沒有發生過。

「千萬不要把我一個人留在這裡。讓我站起來跟你走，但是慢慢來。」

他們兩人一起向同排的人致歉，並走向電影院後面的出口。馬莉的心跳更猛烈了，而她確定、完全的確定，她永遠走不出這裡。她的一舉一動，包括把一隻腳放在另一隻腳的前面，一面說著「借過」，抓著丈夫的手臂，把空氣吸進呼出，一切都驚人地謹慎和清醒。

她的一生中，從未如此害怕過。

「我馬上就要死在這個電影院裡了。」

她認為自己知道接下來會發生什麼事，因為多年以前，她的一個朋友因為腦動脈瘤而在電影院猝死。

腦動脈瘤就像定時炸彈，沿著動脈瘤有許多曲張的血管——就像用磨損的輪胎做的氣球——而且可能一生都沒有辦法察覺，除非偶然發現，沒有人知道自己是否有動脈瘤，例如，因為其他的原因做了腦部掃瞄，或是當它終於破裂時才發現，這個人立刻就會昏迷，通常在很短的時間內就會死亡。

當她走在電影院黑暗的行列中，馬莉想起了這位死去的朋友。然而，最奇怪的是，腦動脈瘤破裂的症狀似乎正影響她的知覺。她彷彿被送到另一個星球上，看著所有熟悉的事情都像第一次發生似的。

然後，她有一種毛骨悚然、莫名的恐懼，害怕被單獨留在那個星球——死亡——的全然驚慌。

我必須停止去想。我必須假裝一切都很完美，然後一切事情就會如此。

她試著自然地動作，但幾秒鐘之後，這不尋常的感覺消失了。從第一次心臟悸動到與丈夫抵達出口的兩分鐘之間，是她一生中最恐怖的兩分鐘。

當他們終於來到光線明亮的休息室時，不管如何，似乎一切又重新開始了。各種顏色是那麼的眩目，從大街上傳來的吵雜聲似乎一下子從四面八方全都衝向她，一切似乎那麼地不真實。她第一次開始去注意一些特定的細節，例如，當我們用雙眼看東西時，看到的僅僅是一小部分，其他部分則模糊不清。

還有更嚴重的。她知道所有她能夠看見，圍繞著她的一切景象，不過是光束通過一個稱為「眼睛」的玻璃體，刺激腦中的電波所造成的。

不，不能再想下去，否則她會瘋掉。

此刻，對動脈瘤的恐懼忽然消失了；她已經逃出電影院，而且還活著。而她，那個死去的朋友，從未來得及離開她的座位。

當她的丈夫看到她蒼白的臉色及慘白的嘴唇，說道：「我要叫一輛救護車。」

「叫輛計程車。」她說，她聽到聲音離開嘴巴，可以感受到每一個語音的震動。去醫院意味著接受她已然病重的事實，所以馬莉決定盡最大力量使一切回歸正常。

他們離開了休息區，而冰冷的空氣似乎對她有正面的助益；馬莉恢復了部分自制力，但是她仍然有著無可解釋的驚慌和恐怖感。她的丈夫仍急著招一輛計程車，但一天中的這個時間，計程車非常稀少，她坐在路邊的人行道上，盡量避免看周圍的事物：小孩在玩、巴士經過、音樂從附近的遊樂場傳出，一切似乎完全地超現實、嚇人，以及疏離。

終於，計程車出現了。

「到醫院，」她的丈夫一面扶著她進入車內，一面對司機說。

但她卻說：「拜託，我們回家就好了。」她不想再去任何陌生的地方，她迫切需要熟悉、正常的東西，可以消除她的害怕。

當計程車將他們載回家時，世界似乎又和她從小熟悉的一樣。當她見到丈夫走向電話時，她問他要做什麼。

「我要打電話給醫生。」

「沒有必要。看著我，我很好。」

她的臉恢復血色，心跳也回到正常，那種無法控制的害怕也不見了。

馬莉當晚沉沉睡去，醒來後覺得，去看電影之前一定有人在他們的咖啡裡下了毒。這是一個危險的惡作劇。在下午快結束時，打電話約檢察官，前往酒吧去查探究竟是誰幹的。

她去上班，閱讀了幾份受審案件的資料，並試著讓各種不同的事占據她所有的時間，前一天發生的事令她心有餘悸，而她想向自己證明，這件事絕不會再發生。

她與一位同事討論有關薩爾瓦多的那部電影，並提到自己對於每天做同樣的事多麼不耐煩。

「也許我該退休了。」

「妳是我們最好的律師，」她的同事說，「而且，法律是少數年齡對工作有利的專業工作，為什麼不去休個長假呢？我確定當妳回來工作時，一定又精力充沛。」

「我想做一些完全不一樣的事情。我要去冒險，幫助其他人，做一些我以前從來沒做過的事。」

這段對話就此結束。她走到下面的廣場，去一家比平日會去的更昂貴的餐廳用餐，並且提早回到事務所。從那時起，她開始為退休做準備。

其他的員工都還沒回到事務所，馬莉趁機繼續審閱桌上還沒做完的工作。她把抽屜打開，想把通常都放在固定地方的鉛筆拿出來，卻完全找不到。短短幾秒內，她想到自己無法把鉛筆放回適當的地方，這可能是行為失常的徵兆。

這一切足以使心臟再度開始用力地敲擊，而前一夜所經歷的恐怖經驗也捲土重來，甚至變本加厲。

馬莉整個人僵在現場。陽光從天篷中灑下來，為她鍍上一層明亮、動人的光輝，但是她再次生起那種隨時會在任何一分鐘死去的感覺。一切變得如此怪異；她在這個辦公室做什麼？

上帝，我並未信仰你，但是，請幫助我。

她又一次在冷汗中爆發，也明瞭再也無法控制自己的恐懼。如果有人在此刻進來，他們應該會看到她嚇壞的雙眼甚至她很可能就此陷入昏迷。

好冷啊。

前一晚冷空氣曾經使她好過些，但她該如何走到街上呢？她再一次注意到發生在她身上的每一個細節——呼吸的頻率（有一陣子她感覺如果不特別努力地吸進呼出，身體可能無法做到），頭部的動作（影像一個接著一個，好像身體內部裝了一部攝影機），她的心臟越跳越快，身體全浸在又冷又黏的汗水裡。

然後是那恐懼，是一種糟透了，難以做任何事的害怕，即使是走一步路、離開她所坐的椅子都沒辦法。

我會捱過的。

上次不就捱過了嗎，但現在她在公司，她該怎麼辦呢？她看著時鐘，她覺得這東西也是一個荒謬的機械裝置，兩根針在同一個轉軸上，指示時間的測量方式，但根本沒人解釋過：為什麼是十二，而不是十，就像所有的測量單位一樣。

我不要再想這些事，不然我要瘋了。

瘋狂。也許這就是形容她身上問題的正確字眼。她聚集了全部的意志力，站起身來，走向廁所。幸運地，辦公室仍是空空蕩蕩，這一分鐘彷彿像永恆一樣長，她努力走上前。她往臉上潑水，奇異感消失了，但恐懼仍然存在。

「我會捱過的，」她對自己說。「昨天我就做到了。」

她記得，在一天前，整件事持續了約三十分鐘。她將自己關在其中一間廁所裡，坐在馬桶上，把頭埋在雙膝間。然而，這個姿勢好像只是放大了心跳的聲音，馬莉立刻坐直起來。

我會捱過的。

她待在那裡，想著她再也不知道自己是誰，她已經完完全全地迷失了。她聽到人們的聲音在廁所裡進進出出，水龍頭被開了又關，一些平凡主題的無厘頭談話。不止一次，有人要打開她這間廁所的門，她模模糊糊地應了聲，就沒有人再來拉門了。廁所沖水的聲音大得嚇人，彷彿足以摧毀整棟建築物，把每一個人都掃進地獄。

不出她所料，恐懼慢慢過去了，她的心跳恢復正常。她的祕書甚至沒有發現她不見蹤影，要不然整個辦公室的人都會到廁所來問她好不好。

當她知道自己再度恢復控制，馬莉打開廁所門，洗了很久的臉，回到辦公室。

「妳臉上沒化妝，」一位受訓的新人說，「要我借妳化妝品嗎？」

馬莉連回答都懶得回答。她走進辦公室，拿起手提袋及一些私人用品，告訴祕書，她下午的時間會留在家中。

「但是，妳有一大堆會議。」她的祕書抗議。

「妳不是來下命令的，妳只管接受命令。照我說的做，把所有會議都取消。」

那個祕書瞪著面前這個女人，她為她工作近三年了，在此之前她從來沒有對她大小聲過。她肯定出事了，也許有人告訴她，她的丈夫和情婦正在家裡，而她要趕著去抓姦。

「她是個好律師，她知道自己在做什麼。」女孩告訴自己。毫不懷疑她明天還會上班，並且向她道歉。

然而，沒有明天了。那天晚上，馬莉與丈夫做了一次深長的對談，描述她所經歷的種種症狀。他們一起得致結論，那忐忑、那冷汗、那錯置的感覺、虛弱、無法控制，全部都可以歸納為兩個字：恐懼。馬莉和丈夫一起詳細討論發生了什麼事情。他認為可能是腦瘤，但他什麼都沒有說。她則認為這是一些可怕的事情即將發生的前兆，但她也什麼都沒說。他們試著用成人的邏輯和理智找到一個共識。

「也許妳最好做一些檢查。」

馬莉同意了，但有一個條件，就是任何人都不能知道這件事，即使是他們的子女。

第二天，馬莉向事務所申請，獲准三十天的留職停薪假。她的丈夫想帶她去奧地利，那裡有許多以研究腦部失調而聞名的專家，但是她拒絕離開家；所以發病的頻率越來越頻繁，時間也越來越長。

兩個人費盡力氣，眼看馬莉服用的鎮靜劑劑量越來越高，他們倆決定在盧比安納找一家醫院，她在那裡進行了一連串檢查，但沒有發現任何異常，連一個動脈瘤都沒有，這讓馬莉在餘下的時間裡寬心許多。

但是，恐慌症仍一如既往地發作。當她的丈夫購物及烹飪時，馬莉會強迫自己打掃房子，注意力才能集中。她開始閱讀所有能找到和精神病治療相關的書籍，只是她常常沒多久就把書放下，因為書上的每條症狀她都吻合。

最糟的是，雖然發病之事已不新鮮，但她仍然感到同樣強烈的害怕，以及一種和現實脫離的感覺，無法控制自己。此外，她開始對丈夫感到自責，他除了要做自己的工作之外，還要負擔清潔工作以外的所有家事。

時光飛逝，問題仍未解決，馬莉開始陷入深深的煩躁。即使是最小的事，也會使她勃然大怒，她開始吼叫，並歇斯底里地哭泣。

她的三十天假期已滿，馬莉的一位同事到家裡來。他每天都打電話，但馬莉不是沒回電，就是要求她的丈夫說她正在忙。這一個下午，他只是站在那裡，按響門鈴，直到馬莉開門。

馬莉則度過一個平靜的早晨，她煮了些茶，聊了些辦公室的瑣事，他問她何時才會回歸工作崗位。

「不會回去了。」

他記得他們之間有關薩爾瓦多那部電影的對話。

「妳總是辛苦工作，而且妳有權利選擇妳想做的工作，」他說，語氣中不帶絲毫惡意，「但是我想，像這樣的情形，工作是最好的治療。去旅行，去看世界，去任何妳覺得可能有益於妳的地方，但事務所的大門永遠為妳而開，等著妳回來。」

當馬莉聽到這裡，忽然淚如雨下，她最近動不動就這樣。

她的同事等她冷靜下來。就像一位優秀的律師，他沒有開口問任何問題；他知道，保持靜默得到的回答超過問任何問題。

情況正是如此，馬莉告訴他所有的事情，包括從電影院發生的事情到她最近歇斯底里地攻擊一向最支持她的丈夫。

她說：「我很生氣。」

「也許吧！」他回答，他的語氣真誠溫柔，帶著萬事瞭然的意味。「在這種情形下，妳有兩個選擇：去接受治療，或是繼續生病。」

「已經沒有任何治療方法能夠改善我的現狀。我還是擁有完全的心智能力，我擔心，只是因為這個情況已經拖得太久了。我沒有任何瘋症的典型症狀，比如從現實抽離、對萬事漠不關心，或是無法控制的暴力行為，我只是恐懼。」

「所有的瘋子都會說自己正常。」

兩人大笑，她又煮了一些茶。他們聊著天氣、斯洛維尼亞的獨立成功，以及克羅埃西亞與南斯拉夫之間的緊繃氣氛。馬莉成天都在看電視，消息相當靈通。

在他們互道再見之前，她的同事再次提到這件事。

「市區剛開了一家新的醫院，」他說，「是由一些外國資金支持的，提供一流的診療。」

「診療什麼？」

「失常，容我如此說，過度的恐懼當然是失常的一種。」

馬莉答應考慮一下，但她還是沒有真正下決定。下一個月，恐懼繼續來襲，直到她了解，不僅她個人的健康有危機，她的婚姻也瀕臨瓦解。她再度要求一些鎮靜劑，再一次嘗試跨出家門，這是六十天以來的第二次。

她搭了一輛計程車，來到新醫院。在路上，司機問她是否去拜訪什麼人。

「聽說，那裡很舒服，不過裡頭顯然有一些真的瘋子，而且治療的方法包含電擊。」

「我是要去探病的。」馬莉如是說。

只花了一個小時的交談，馬莉忍受兩個月的苦難就到了尾聲。醫院的負責人是一位染髮的高個子醫生，他自稱是伊格醫生，他向她解釋，這只是恐慌症，是世界精神病學年報中最近才發現的疾病。

他解釋：「這並不表示它是一種新的疾病。」他儘量讓自己的意思清楚明白。「事實是人們受到它的影響，但他們多半將之隱藏起來，害怕被誤認為瘋子。這只是體內一種化學物質的失衡，就像抑鬱一樣。」

伊格醫生開了處方，然後要她回家。

「我現在不想回家，」馬莉說，「即使你剛才說的話我都懂了，我還是沒有勇氣上街。我的婚姻如今一團糟，而且我的丈夫需要一點時間，從照顧我的兩個多月中恢復過來。」

碰到這種狀況時，往往是基於股東希望醫院發揮全力——雖然他已明白沒這個必要，但伊格醫生還是收容了這個病人。

馬莉接受了必要的藥物，以及適當的精神病治療，病況先是減輕，最後完全消失無蹤。

總之，在這段時間裡，她留在醫院的故事在盧比安納這樣的小城早已傳遍。她的同事，一位共享生活中苦與樂的多年朋友兼同伴，來唯樂地探視她。他對她遵行他的忠告，向外求助的勇氣大加讚賞。但過一會兒，他才顯露了真正的來意：

「也許這真是妳該退休的時機。」

馬莉清楚這些話背後的意思：「沒有人會放心把事情交給一個曾是精神病人的律師。」

「你曾說過，工作是最好的治療。我必須回去，即使是短時間。」

她等著他回覆，但他什麼都沒說。馬莉繼續：

「是你建議我來接受治療的。當初我考慮退休時，我的想法是在巔峰時引退，完全出於自願，是一個自由、自發性的決定。我不要像這樣地離開我的工作，像被打敗似的。至少給我一個機會，讓我贏得我的自尊，然後，我就會提出退休。」

合夥人清一清他的喉嚨。

「我建議妳接受治療，但我並沒有說到住院。」

「這是生存與否的問題。我當時怕得不敢上街，我的婚姻瀕臨瓦解。」

馬莉知道她在浪費唇舌。她再說什麼都不能說服他；畢竟，這是以事務所的名譽在承受風險。即使如此，她仍得再試一次。

「在這裡，我和兩種人住在一起：一種是沒有機會再回到社會上，以及一種已經完全痊癒，但寧願在此假裝瘋狂，逃避生命的責任。我需要，我也要學著再愛我自己一次，我必須說服自己，我有能力可以自己下決定。我不能將自己推進一個不是我自己做的決定。」

「我們被允許在生命中犯很多錯誤，」她的同事說，「但不包括那些摧毀自我的行為。」

再談下去也無濟於事；在他看來，馬莉犯了致命的錯誤。

兩天後，又有一位律師前來探訪她，這次是從另一個事務所來的人，是她「前同事」的最大勁敵。馬莉很開心；也許她知道她現在可以自由接受一個新職位，而且她有機會東山再起。

那名律師走進會客室，在她對面坐下，微笑，問她是否好些了，然後從手提箱中拿出各式文件。

「我是接受妳丈夫的委託來到這裡。」他說。

「這是離婚申請書。顯然地，只要妳待在醫院一天，他會繼續支付妳所有的醫療費用。」

這一次，馬莉連爭辯的意圖都沒有。她簽了所有東西，雖然她知道，依據她曾讀過及親身履行過的法律，她可以無止盡地延長這場爭論。然後，她直接去看伊格醫生，並且告訴他，她的症狀又回來了。

伊格醫生知道她在撒謊，但是他依然將她的住院期限無限延長。

薇若妮卡想睡覺了，但是愛德華仍然站在鋼琴旁邊。

∞

「我累了，愛德華，我要去睡了。」

她很願意再繼續為他彈奏，把她迷醉記憶中所有過去知道的奏鳴曲、讚美歌、慢板統統挖掘出來，因為他知道如何表達仰慕之意，並且不會表現出任何的要求。但是她的身體卻受不了了。

他生得如此好看。只要他願意踏出他的世界一步，把她當做一個女人看待，昨夜可說是她在這世上最美的夜晚：愛德華是唯一了解薇若妮卡藝術天分的人。經由奏鳴曲所表現出的純情，或是透過小步舞曲形成她與這男人的聯繫，對她而言，這是前所未有的。

愛德華是一個理想的男人，敏感、受過良好教育；他一手摧毀沒有個性的世界，以便在腦中重建它，在這個世界裡有新的故事、新的角色、新的顏色。而且這個新世界包括一個女人、一架鋼琴，以及不斷上昇的月亮。

她說：「我可以馬上與你陷入愛河，並且把我的一切都給你。」她知道他不能夠了解她在說什麼。「而你向我要求的，不過是一點兒音樂，但是我遠比自己以前想過的要更多，我很願意將其他我才剛開始了解的事情和你分享。」

愛德華微笑著。他了解嗎？薇若妮卡感到害怕——任何有關良好行為的手冊上都說，你永遠不可以如此直接的示愛，尤其對一個妳並不完全了解的人。但是她決定要繼續下去，因為她沒有什麼好損失的。

「你是地球表面上唯一可以讓我陷入愛河的男人，愛德華，簡單的原因是，當我逝去時，你並不會懷念我。我不知道一個精神分裂症病患的感覺，但是我確定他們不會懷念任何人。

「也許，一開始的時候，你會懷念晚上再也沒有音樂可聽，但月亮依舊會昇起，也會有人願意為你彈奏鳴曲，尤其在一個人人被稱為『月亮瘋』[4]的醫院中。」

其實她並不完全知道瘋子和月亮之間的關係，但是如果他們使用這樣的字眼來形容瘋狂，兩者之間一定大有關聯。

「我也不會懷念你，愛德華，因為我會死掉，離開這裡遠遠地。既然我不怕失去你，我才不在乎你想不想我。今天晚上我像一個戀愛中的女人一樣為你演奏，這就很棒了。這是我一生中最美麗的時刻。」

她看著在外面花園中的馬莉。想起了她的話。然後轉頭看著眼前的這個男人。薇若妮卡脫掉她的毛衣，走近愛德華。如果有什麼事要發生，趁現在吧。馬莉無法在寒冷的天氣裡忍受太久，然後她就會進來了。

他往後退。他眼中出現了這樣的疑問：她何時才會再度彈琴？她何時才會彈奏一首新曲子，足以抗衡那些在不同時代各領風騷的瘋狂作曲家所創造出來的樂曲，有著相同特色、痛苦、難過，及喜悅，足以填補心靈的新樂曲。

外面那個女人叫我去手淫，發掘自己到底會有多快樂。難道我真的可以經歷比以前更強烈的快感嗎？

她拉著他的手，想把他拖進沙發，但是愛德華禮貌地婉拒了。他更願意站在鋼琴旁邊，耐心地等候著她再次彈奏。

薇若妮卡有些手足無措，過了一會兒，她了解其實自己已沒有什麼好失去的。她已經要死了，為什麼還要繼續助長那些以往限制她生活的偏見及恐懼呢？她褪去上衣、褲子、胸罩、內褲；裸體站在他面前。

4 lunatic，月亮常被認為是引人發狂的原因之一，有許多的文獻資料均持此論述。

愛德華笑了起來。她不知道為什麼，她只注意到他笑了起來。她小心地拿起他的手，放在她的陰部上；他的手就停在那裡，動都不動。薇若妮卡放棄了這個想法，拿開他的手。

相較於實際的肉體接觸，更令她興奮的是跟這個男人在一起：她可以為所欲為，沒有顧慮。除了在外面的那個女人外，沒人會闖進來，也沒人會被吵醒。

她的血液開始奔馳，剛脫下衣服時所感受到的寒意逐漸消退。薇若妮卡和愛德華都站起來，面對面，她裸著身子，而他則穿著齊整。薇若妮卡的手輕往下移至定點，並且開始手淫；她以前就手淫過，無論是一人獨處，還是有男人陪伴，但她從來不曾在男方明顯不感興趣的情境下做過。

偏偏這一切是那麼地、那麼地令人銷魂。薇若妮卡站著，兩腿分開，撫摸著她的陰部、胸部、頭髮，讓自己耽溺於一種從來沒有到過的境界，她之所以如此忘我，不是為了要讓愛德華走出他疏離的世界，只是因為自己從來沒有這樣的體驗。

她開始說話，講一些令人匪夷所思的事，這些是她的父母、朋友、祖先，都會為之臉紅，認為是全然的猥褻。第一波高潮襲來，她必須緊咬雙唇，才不至於充滿歡愉地喊出來。

愛德華看著她。他的雙眼有兩種不同的光，好像他了解一切，即使這只是從她身軀散發出來的精力、體熱、汗水，以及氣息。薇若妮卡還不滿足。她跪下來，又開始另一波手淫。

她真希望能死在這種高潮的狂喜當中，這時她回想起並理解以前老是被禁止的一切：她求他撫摸她、強迫她、以任何他想要的方式要她。她希望芮德卡也在這裡，因為一個女人要比任何男人更知道如何觸摸女人的身體，因為她早已知道所有祕密。

她跪在愛德華面前，而愛德華依舊站著。她覺得被占有、被愛撫，薇若妮卡說出淫穢字句，描述她要他對她做的事。另一波的高潮又來了，前所未有的強烈，好像周圍的一切都要爆炸了。她想起早上心臟病來襲的事，但現在都不重要了，她想要在這一波狂喜的大爆炸中死去。她很想撫摸面前的愛德華，但又不想冒著破壞這一刻的美妙時光。她越飄越遠，越飛越高，馬莉說得對。

她想像自己是皇后也是奴隸，既是統治者又是受害者。在她的幻想中，她試著和白色、黃色、黑色，不同膚色的男人做愛，和同性戀者及乞丐翻雲覆雨。她是每一個人的，而人人都可以對她做任何事。高潮接二連三而至，一次、兩次、三次，層層相疊。她想像著所有以往不曾幻想過的事情，她也把自己奉獻給最基本、最純淨的需求。最後，她再也不能控制自己了，大聲地喊了出來，極度的歡愉伴隨著高潮不斷的痛楚，許多男男女女，通過那扇想像之門，在她體內進進出出。

她躺在地上，動也不動，大汗淋漓，她的靈魂一片平和。她將所有隱藏的慾望全部釋放，她無法解釋，但她根本不需要答案。她投入過，也做到了，便足夠了。

漸漸地，宇宙回歸到本來的秩序，薇若妮卡也站了起來。愛德華在整個過程中一動也不動，但是他好像有一些不一樣了：他的雙眼中有一股柔情，一種人性的柔情。

真好，我能在所有的事情上都看到愛，即便在一個精神分裂症患者的眼中。

她開始把衣物穿回去，這時她忽然覺得房間有第三者出現。

馬莉在那裡。薇若妮卡不知道她什麼時候進來的，或是她見到、聽到什麼，就算她什麼都看到了，薇若妮卡也不覺得羞愧或害怕。她看了馬莉一眼，就像看著一位近在眼前的人。

「我照妳的建議去做了，」她說。「我快樂極了。」

馬莉什麼都沒說；她才剛剛回想過往生命中的一些重要時刻，心情有些低落。也許是重回世界的時候了，也無妨去面對外面的問題，去告訴大家人人都可以加入「兄弟會」，即使沒進過精神病院。

比方說，就像這個年輕女孩，她來到唯樂地的唯一理由，就是試著結束自己的生命。她從來不知道恐懼、抑鬱、幻覺，甚至精神危機等等，這些心靈深處的區域。雖然她曾滿足許多男人，但她從未曾經歷過內心最深處潛藏的慾望，結果她對人生仍是一知半解。如果每一個人都了解自己內心的瘋狂，並且與之相處，這樣的世界會是一個不適合居住的地方嗎？不，人們會比較公平，也會比較快樂。

「為什麼我以前不這麼做呢？」

「他要妳演奏更多的音樂，」馬莉說，看著愛德華，「我認為他值得妳這麼做。」

「我會的，但先回答我：為什麼我以前從未那樣做呢？如果我是自由的，我可以思考任何我選擇的東西，為何我總是不肯去想像那些被禁止去做的事？」

「禁止？聽著，我以前是一個律師，而且我了解法律。我也是一個天主教的信徒，我還曾用心學習聖經的每個章節。什麼是妳所謂的『禁止』？」

馬莉向她走去，並幫她穿上羊毛衫。

「看著我的眼睛，而且永遠不要忘記我的話。只有兩種禁令，一是根據人的法律，一是根據神的法律。永遠不要強迫任何人發生性關係，因為會被視為強暴。而且永遠不要和兒童發生性關係，因為是罪中之最。除此之外，妳是自由的。而且總是有人想要的東西和妳想要的一模一樣。」

馬莉沒有耐性去教導一個即將死亡的人重要的事情。她以一個微笑道別，並且離開房間。

愛德華並未走開；他還在等待音樂。薇若妮卡也想報答他陪伴自己，並且見證她袪除恐懼及厭惡之苦，看著她瘋狂的舉動，帶給她最大的快樂。於是她坐在鋼琴前，再度開始彈奏。

她的心情很放鬆，現在即使天明便要死去，她亦無所懼。她經歷了自己以前總是隱藏不碰的一部分。她是處女又是蕩婦，是奴隸也是女王，雖然奴隸的成分比較大，然而她感受到最大的快樂。

那一晚，好似發生了奇蹟，她回想起所有自己會的曲子，為了讓愛德華得到同樣的快樂，她盡力地為他彈奏。

當他打開電燈，伊格醫生很訝異地看到那個年輕女子就坐在他辦公室外的候診室裡。

∞

「現在還太早了吧！而且我整天都有約。」

「我知道現在還很早，」她說，「而且天還未亮。我只是需要和你談一會兒，只是簡短地談談。我需要你的幫助。」

她眼下有明顯的黑眼圈，頭髮枯澀而無光澤，是徹夜未眠留下的印記。

伊格醫生決定讓她進入診間。

他打開燈，並且把窗簾拉開，他要她先坐下。再過不到一小時，黎明即將來臨，到時就可以節省電力；股東對花費非常重視，即使是再小的支出也不例外。

他很快地瀏覽了一下今天的時間表：芮德卡接受最後一次的胰島素休克治療，反應良好，意即她在這個非人性的治療中存活下來。關於這個特殊個案，伊格醫生早早便要求醫生會議簽署一張為自己留下行為的免責聲明。

他開始閱讀一些報告。有兩三個病人在晚上會有侵略性的表現，根據護士的報告，愛德華亦是其中之一。他約在早上四點回到病房，並且拒絕服用安眠藥。伊格醫生必須予以回應。不管唯樂地在內部如何放任自由，但表面上還是必須維持一個嚴厲、保守的醫療機構的形象。

「我有非常重要的事情問你。」薇若妮卡說。

但是伊格醫生沒理她。他拿起聽診器，開始聆聽她的肺部及心臟。他測試她的反射動作，用一支小手電筒來檢查視網膜底部。看上去幾乎沒有礬中毒的跡象，或是有些人喜歡稱之為「苦病」的東西。

他立刻走到電話邊，馬上要求護士帶一些有著複雜名字的藥品過來。

「妳昨晚好像沒有接受注射？」他問。

「但是我感覺好多了。」

「看看妳的臉：妳的眼睛有黑眼圈、一臉疲憊、反應遲鈍。如果妳想要好好利用剩下的有限時間，請照我說的去做。」

「這正是為什麼我來這裡的原因。我希望能盡量利用剩下來的時間，但是我想按照自己的方式來活。到底我還有多少時間？」

伊格醫生透過他的鏡片上方看著她。

「你可以告訴我，」她說，「我並不是害怕，也不是漠不關心或什麼。我只是想要活著，但是我知道這樣還不夠，我只是不想認命罷了。」

「那妳想要什麼？」

手持著注射針筒的護士進來。伊格醫生向她點點頭，然後護士輕巧地將薇若妮卡毛線衫的袖子捲起來。

「我到底還剩下多少時間？」當護士為她注射時，薇若妮卡再問了一次。

「二十四小時，可能更少。」

她視線往下看，輕咬著嘴唇，盡量維持鎮靜。

「我希望你能幫我兩個忙。第一，給我一些藥，或是注射點什麼，讓我可以享受生命中剩餘的有限時間。我很疲倦，但是我不要睡覺。我有好多事情要做，好多以前準備留到未來再做的事，那時我還以為生命會長長久久。後來我開始相信生命並無意義，對這些事也不感興趣了。」

「第二個是什麼？」

「我想離開這裡，這樣我才能死在外面。我要造訪盧比安納城堡，它一直在那裡，而我甚至連跑去看一下的好奇心都沒有。我也想和那個冬天賣栗子、夏天賣花的婦人談話。我們經常錯肩而過，而我從來不曾問候她一句。還有我想不穿外套在雪中行走，想知道什麼才是絕對的冷，我以前總是把自己包裹得好好的，深怕自己得到感冒。

「簡單地說，伊格醫生，我想感覺雨在臉上、對吸引我的男人微笑，接受所有男人買給我的咖啡。我想好好地吻我的媽媽，告訴她我愛她，在她的膝上哭泣，釋放我對她的感覺，因為即使我躲著他們時，他們一直都支持我。

「我也許會到教堂，看看那些我以往從來不曾注意的神像，並且聽聽祂們現在會對我說些什麼。如果一個有趣的男人邀我去俱樂部，我也會接受。而我也將徹夜狂舞，直至倒下。然後，我會和他一起上床，但不是像以前和別的男人上床的方式一樣，我以前總是理性自制，並假裝感受到什麼。我要把自己交給一個男人、城市，以及生命，一直到最後，把自己交給死亡。」

薇若妮卡講完了，診間一片死寂。醫生和病人彼此凝視著對方，全神貫注地，彷彿二十四小時內蘊含的無限可能令他們分心。

「我要給妳一些興奮劑，但我並不建議妳使用它們，」伊格醫生最後說，「它們可以讓妳保持清醒，但會帶走所有妳想要的種種平靜。」

薇若妮卡一開始覺得有些難過；每次打完針，身體多少感覺不適。

「妳看起來非常蒼白，也許妳最好先上床休息，然後我們明天再談。」

她再一次覺得想哭，但她仍然保持冷靜。

「你應該很清楚，不會有明天了。我累了，伊格醫生，非常累，所以我才來向要求你提供藥物。我整晚都沒睡，一半是絕望，一半是順從。我可以像昨天一樣再一次任由恐懼來襲，但是那有何意義？如果我還是只有二十四小時可活，而且還有許多的經驗在等著我，我覺得把絕望放一邊會比較好。

「求求你，伊格醫生，讓我在僅剩的一點點時間內好好地活著，因為我們都知道明天就太遲了。」

「去睡吧，」醫生說，「中午到這裡來。然後，我們再談。」

薇若妮卡知道沒有轉圜餘地。

「我會去睡覺，然後再回來，但我可以再和你說些話嗎？」

「只能幾分鐘，我今天很忙。」

「我會只說重點。昨天晚上，我第一次盡情地手淫，我想到了所有從來不敢去想的事，我在以前害怕或驚懼的事中找到了歡愉。」

伊格醫生盡可能顯出最專業的態度。他不知道這場對話會發展到什麼程度，他不想造成上司任何的麻煩。

「我發覺自己是個性變態，醫生，我想知道這是否與我企圖自殺有一些關聯。身上有很多事情連我自己都不瞭解。」

我必須要給她一個答案，他想，我無須請護士進來為這段對話作證，避免未來可能吃上性騷擾官司。

「我們想要的東西都不一樣，」他回答，「我們的同伴也是一樣，這有錯嗎？」

「你的看法呢！」

「當然是錯的。因為當每個人都在作夢時，僅有少數人實現他們的夢想，而這使我們都變成懦夫。」

「即使哪怕仍有少數的人做對嗎？」

「因為做對的那些人，是他們當中最強的人。但是現在跟以前不一樣了，懦夫才是勇者，他們努力地把觀點強加在別人身上。」

伊格醫生不想就這個話題繼續討論下去。

「現在，去休息一會兒吧；我有其他的病人要看。如果妳照我的話去做，我看看能為妳的第二個請求做些什麼？」

薇若妮卡離開房間。醫生的下一個病人是芮德卡，她今天就該出院了，但醫生要求她再等一會兒，他必須用筆記下剛才的對話。

在他有關礬的論文中，有一大章是談性的部分。畢竟，有許多的精神官能症和精神病患者的病根是在「性」上。他相信性的美好幻想是來自腦部的電波脈衝，如果得不到滿足，精力就會被用到別的地方去。

在他的醫學研究中，伊格博士曾讀過一篇討論性異常的有趣論文，其中討論性虐待、受虐狂、同性戀、言語猥褻等，名稱一大串，不勝枚舉。一開始，他認為這些只是發生在少數行為失調者身上的特例，他們無法與伴侶擁有健康的關係。

總之，當他在精神科醫師的專業上與日精進，並與病人多方接觸後，他才了解每個人都有不尋常的故事。病人會在他辦公室那張舒服的扶手椅坐下，直直地盯著地板，說出一長段有關他們稱之為「生病」（好像他不是醫生），或是「性變態」（好像他不是那個判決變態與否的精神科醫生）的敘述。

一個接著一個，這些正常人就會描述一些性幻想，這些多半可以在一本談論少數人的情欲的著名論文中找到。事實上，這本書還為人應有權自由選擇他的性高潮方式而辯護，只要不違反其伴侶的權利即可。

在教會學校讀書的女子，夢到被性虐待；穿著西裝，打著領帶的男人，高職位的人民公僕，告訴他把時間花在羅馬尼亞妓院的風流事，他們去舔妓女們的腳。男孩愛上男孩；女學生愛上和她們一起上課的女同學；想要看妻子與陌生人性交的丈夫；每次發現丈夫與人通姦的證據，就忍不住手淫的女人；強行壓抑才免於將自己獻身第一個按響門鈴的送貨員的衝動母親們；忍不住細數自己與那些不受管束的古怪變裝者來往的祕密經驗。

還有雜交，似乎每一個人都有意願，甚至一生中至少有過一次這種經驗。

伊格醫生將他的筆放下一會兒，並且想著自己：那他呢？是的，他也不例外。雜交，就像人們想像的那樣，必須是完全的放縱及歡樂，占有慾再也不存在，只有歡愉及混亂。

難道這是許多人中了「苦痛」之毒的主要原因嗎？婚姻被限制在一夫一妻制，根據伊格醫生妥善收藏在醫學圖書館的研究報告，在這種婚姻制度中，性慾在同居後第三、四年即消失。然後，他的妻子覺得被拒絕，而男人覺得被綁住，然後嫠毒，或稱苦痛，開始侵蝕一切。

人們現在對精神科醫生的態度，要比從前對教士的態度開放得多，因為一個醫生不能以地獄來嚇唬他的病人。在精神科醫師生涯中，伊格幾乎聽遍了所有病人必須告訴他的事情。

他們之所以告訴他，因為他們很少真的去實踐。即使在他執業多年後，他還是忍不住自問，為什麼人們這麼怕和別人不同。

當他試著找出原因，最常見的回答是：「我的丈夫會認為我像個妓女。」或是，當回答的是個男人時：「我的妻子值得我對她如此敬重。」

通常對話就在那裡打住。這時跟他們說一些每個人都有不一樣的性模式，就像每個人的指紋都不一樣的話，一點兒意義都沒有，沒有人會相信。在床上毫無顧忌是危險的；大家還是害怕別人可能存有的成見。

我可不要去改變世界，他心想，並要求護士請一度非常抑鬱的芮德卡進來，至少我在自己的論文裡可以暢所欲言。

愛德華看到薇若妮卡離開伊格醫生的診療室，朝向病房走去。他想要告訴她他的祕密，如同前一晚她向他裸裎相對同樣誠實、自由的態度，對她敞開心扉。

自從他以精神分裂症患者的身分到唯樂地來，昨天晚上是最嚴苛的一項測試。他企圖抵抗，但他很愉悅，雖然他重返現實的欲望開始蠢蠢欲動。

「大家都知道這女孩活不過這個週末。這樣沒有意義。」

也許，其實正因為這一點，他很願意和她分享他的故事。三年來，他只對馬莉說過，即使那時他也不確定她完全了解他的意思；身為母親，馬莉會傾向父母是對的，並說他們只是想要給他一切，而有關他看見天堂一事，只是一個青少年完全脫離現實、愚蠢的夢。

看到天堂的景象正是帶領他直墜地獄的原因，剛開始時，他與家人進行無休止的爭辯，使他有一種不能做任何事情的強烈罪惡感，最後終於成了藏身另一個世界的逃犯。如果不是因為馬莉，他到現在還住在分離的現實中。

馬莉出現；她照顧他，並且讓他再度感受被愛。感謝她，愛德華依然知道周遭發生的事情。

幾天以前，一個和他同齡的年輕女子坐在鋼琴前開始演奏《月光奏鳴曲》。愛德華再一次感覺到自己被天堂的幻覺所擾，而他無法分辨是音樂，或是年輕女人，或者月光的緣故，還是待在唯樂地太久所導致。

他一直跟著那個女人走到病房，卻發現一名護士擋在前面。

「你不能進來這裡，愛德華。去花園裡，快天亮了，今天將是美好的一天。」

薇若妮卡回頭看。

「我要去睡一下，」她輕輕說著：「等我醒來後，我們再談。」

薇若妮卡不知道為什麼，這個年輕人變成了她世界的一部分，或說是她僅剩的一點殘餘世界。她相當有把握愛德華能了解她的音樂，傾慕她的才華；即使他不發一言，但是他的眼睛說明了一切，就像現在這一刻，他們站在病房門口，交流著她不想聽到的事。

溫柔。愛。

和一個精神病人相處總是很快就使我生氣。精神分裂症患者不會產生這種感覺，至少不是對人類。

薇若妮卡很想轉過身，給他一個吻，但是她沒有；護士會看見，而且會向伊格醫生報告，伊格醫生當然不會允許一個女人在離開唯樂地時還跟精神分裂症患者吻別。

愛德華看著護士。年輕女子對他的吸引力，比他想像中還要強，但是他需要控制自己，他會去請教馬莉，她是他唯一肯分享祕密的人。毫無疑問地她會告訴他他想聽的，就是在這樣的情形中，愛情既危險又無意義。馬莉會要求愛德華不要那麼笨，回去做一個正常的精神分裂患者（然後她會為她自己的蠢話，高興地嗤嗤笑出來）。

他加入餐廳其他住院病人的行列，吃分配到的食物，然後按照規定在花園散步。

在「曬太陽」時（當天的溫度低於攝氏零度），他試著接近馬莉，但她似乎想要獨處。她不想說任何話，愛德華完全知道如何尊重別人。

有個新的院友走到愛德華身邊，他顯然並不認識任何人。

「上帝懲罰人類，」他說，「祂以瘟疫來處罰人類。無論如何，我在夢中看到祂，祂要我來拯救斯洛維尼亞。」

當這個男人持續叫嚷的時候，愛德華走開，聽到他繼續喊：

「你們認為我瘋了嗎？你們去看看福音書。上帝派遣祂唯一的獨生子來，而祂將會再度降臨人間。」

愛德華不再聽到那個人的聲音。他看著遠處的山脈，想想自己到底是怎麼回事。為什麼他覺得一旦找到內心長久以來追尋的平靜，便想離開了？為什麼要在全家的問題都已經解決時，再冒著羞辱父母的風險？他感到一陣激動，走來走去，等著馬莉從沉默中恢復，以便可以和她談話，但是她一直維持那種冷漠。

他知道如何逃出唯樂地。儘管警衛看來戒備森嚴，事實上卻充滿漏洞，只因為一旦人們進入唯樂地，便很少有脫逃的意願。在西區，有一座圍牆上到處可見踏腳處，可以輕易地脫逃；任何人都可以輕鬆爬上圍牆，然後很快到達鄉間，不出五分鐘，就能看到通往克羅埃西亞的路。戰爭已經結束，兄弟之邦再度恢復交情，疆界區域再也不像以往一樣地嚴密看守；只要憑一點兒運氣，他可以在六個小時內到達布拉格。

有幾次，愛德華已經來到這條路上，但他總是決定回頭，因為他沒有接收到前進的訊息。現在，情況不同了：前進的訊息終於出現了，就是那個碧眼、棕髮的女孩，她總是表情誇張，因為她知道自己想要什麼。

愛德華想要爬過牆，然後離開，再也不要在斯洛維尼亞露面。但那女孩在睡覺，他至少要和她說完再見後才離開。

「曬太陽」終於結束，兄弟會再度聚集在休息室，愛德華加入他們。

「那個瘋子在這裡幹什麼？」團體裡最老的會員問道。

「別理他，」馬莉說，「而且，我們也是瘋子。」

他們全部大笑，討論著前一天的演講。問題是，蘇菲派的冥想真的可以改變世界嗎？理論眾說紛紜，有理論、有建議、有應用方案、有反對意見，也有人批評並提出改良方案，希望能對這歷經幾世紀考驗的東西得以完善。

愛德華很討厭這種形式的討論。這些人將自己關在一所精神病院，高談闊論如何拯救這個世界，但是他們不採取任何行動，因為他們知道，在外面他們可能被斥為荒謬，即使他們的一些想法其實相當實際。每個人對任何事都有自己的一套理論，而且他們相信只有自己的「真理」才重要。他們日以繼夜，花上數週、甚至數年的時間談論，從來不正視一項事實，那就是不管好壞，一個構想只在某人企圖實踐時才存在。

蘇菲派的冥想是什麼？上帝是什麼？就算他們是救世軍，這世界有何需要被拯救？一點都沒有，如果每一個在那裡高談闊論的人，包括唯樂地以外的人，只是好好地過生活，並讓其他人也好好地過日子，則上帝存在於每一刻，存在於每一顆芥子之間，存在於飄浮無定的雲朵間。上帝就在那裡，但人們卻認為他們必須到處去尋找，因為他們視生活是信仰的實踐這種想法太過簡單。

他記得在等待薇若妮卡回到鋼琴邊時，曾聽到蘇菲大師傳授的練習：只要看著一朵玫瑰。還有什麼是必要的？

然而即使有此深思冥想的經驗後，即使被帶到曾如此接近天堂願景的時候，他們還是在那裡討論、爭辯、批評，以及創造理論。

他的目光與馬莉的眼睛相遇。她看著遠處，但是愛德華決定自行打破僵局；他走近她，並拉著她的手臂。

「愛德華，不要。」

他可以說：「和我一起來！」但是他並不想在所有人面前這樣說，他們會對此一直率的要求大吃一驚。這也就是為何他寧願跪下來，懇求地仰視著她的原因。所有的男人及女人都為之大笑。

「馬莉，妳變成他的聖人了。」有人說道：「一定是昨天的冥想生效了。」

但是愛德華數年來保持沉默的經驗，教會了他用眼睛說話；他可以把所有的精神貫注其中。就如同他完全確定薇若妮卡看得出來他的溫柔及愛，他知道馬莉會了解他的絕望，因為，這一刻他真的需要她。

她又抗拒了一下，但隨即站起，牽起他的手。

「我們去散個步，」她說，「你心情不好。」

他們再度走進花園。一旦到達夠安全的地區，確定沒人可以聽見他們，愛德華打破沉默。

「我來唯樂地已經好多年了，」他說。「我不再讓父母難堪，也把所有的雄心壯志放到一邊，但我依然會看到天堂的景象。」

「我知道，」馬莉回答。「我們常談到這件事，而且我知道你為何要談這件事：

你要離開了。」

愛德華抬頭注視著天空；馬莉是不是也有相同的感受呢？

「而且這是因為那個女孩子，」馬莉又說，「我們看過太多的人死在這裡，而且通常會在他們完全放棄生命之後，死亡不期而至。這一次卻是我們第一次看到這種情況發生在一個年輕、漂亮、健康，還有大好前程值得活下去的生命身上。薇若妮卡是唯一始終不要待在唯樂地的人。這使我們捫心自問：『我們是怎麼了？我們在這裡做什麼？』」

他點頭。

「然後，昨晚，我也問自己在這個醫院裡做什麼。我想到在城裡廣場上、在三座橋上、在戲院對面的市場中買蘋果及和人聊天的時光，是多麼有趣啊！顯然我還要和許多陳年往事奮鬥，例如未付的帳單、與鄰居的問題、那些不了解我的人臉上浮出的譏諷表情、孤單、孩子對我的指責等。但所有這一切，我想，不過是生命的一部分；而你在面對這些小問題時所付的代價，要遠低於你根本不承認這些是你的問題所付出的代價。我考慮今晚去拜訪我的前夫，並且對他說：『謝謝你』。你覺得如何？」

「我不知道，妳認為我也應該到我爸媽家說一樣的話嗎？」

「可能哦！基本上，任何發生在我們身上的事情，都是我們的錯，而且只是我們的錯。有許多人遭遇了我們曾經歷過的艱難，但反應卻完全不同。我們選擇的是最簡單的方法：與現實隔離起來。」

愛德華知道，馬莉是對的。

「想重新開始生活，愛德華，我好想去試試那些我老是想觸犯、但從來沒有勇氣去犯的錯，去面對那種驚恐隨時會回來的感覺，但這次它們再發作，只是會使我厭煩而已，我知道我不會因為它們去死，或者昏倒。我可以去交新朋友，並且教他們如何去瘋才會更有智慧。我會告訴他們千萬別照著模範生守則去做人，而要去發掘自己的生活、慾望、冒險、好好地活。我會自天主教舊約聖經中的傳道書、回教的可蘭經、猶太教的摩西五經及無神論者的亞里斯多德中找到例子來證明。我再也不要做律師，但我可以運用我的經驗辦個講座，介紹那些明瞭存在真諦的男女的著作，他們的作品可以歸納為一個字：活著。如果你活著，上帝就會與你同在；如果你拒絕冒著活著的危險，祂則將撤退到遙遠的天堂，變成一個哲學上的假設。每個人都知道這個，但是沒有一個人踏出第一步，也許是害怕被人當做瘋子。至少，我們沒有那種顧慮，我們已經住進唯樂地啦。」

「我們唯獨不能站出來競選共和國的總統。政敵一定會刺探我們的過去。」

馬莉笑起來，同意這句話。

「我對這裡的生活已經厭煩了。我不知道該如何克服我的恐懼，但我已受夠兄弟會、花園、唯樂地，還有假裝是個瘋子。」

「如果我逃出去，妳會跟進嗎？」

「你不會的。」

「幾分鐘前，我幾乎逃出去了。」

「我不知道，我厭倦這一切，但也習慣這一切了。」

「當我到這裡來的時候，被診斷為精神分裂症患者，妳花了幾個月的時間，和我說話，並把我當做一般人看待。我本來已經習慣自己的生活模式，習慣自己建構出來的現實，但是妳不讓我如願。我以前恨妳，但是我現在愛妳。我要妳離開唯樂地，馬莉，就如同我離開自己創造的宇宙。」

馬莉沒有回答就離開了。

在唯樂地狹小且從未被使用的圖書館中，愛德華並沒有找到可蘭經或亞里斯多德，或是任何馬莉曾提到的哲學家。他反而找到一位詩人的作品：

我在心中低語，愚者所歷
吾亦不免……
以喜樂行汝之路，食汝之糧，
飲旨酒，以汝愉悅之心；
上帝已納汝之成果。
讓衣飾潔白如皎；
讓頭腦毋缺油膏。
偕汝之愛妻歡喜生活
此生虛幻若夢歲月，
皆乃上帝授之於汝，
所有汝之浮華時日：
皆乃汝之部分生命，
及烈日下汝之勤力奮勉所為……
依汝之心以行，
及汝雙眸之信息；

識汝之心者，乃為其最
上帝攜汝之手立於末日審判之庭。

「上帝攜汝之手立於末日審判之庭」，愛德華大聲地將這句話朗誦出來，「而我將說：『在我生命中的一段時間，我仰首觀風，但完全視而不見，我無法喜樂度日，甚至拒飲提供給我的美酒。但有一天我會判斷自己是否準備妥當，然後再回去工作。我會告訴人們我所看見的天堂，如巴哈、梵谷、華格納、貝多芬、愛因斯坦，以及其他生於我之前的瘋子所為。』好吧，就讓她說，我不忍心見到一名年輕女子死亡而離開醫院；她將待在天堂，並且等著為我說好話。」

「你在說什麼？」負責圖書館的人問道。

「我要離開唯樂地，」愛德華用比平常說話稍高的聲音說，「我有事要做。」

圖書館館員打響一只鐘，沒多久，兩名男護士出現。

「我要離開，」愛德華有些激動地又說了一次，「我很好，只要讓我和伊格醫生談話。」

但這兩個男人此時已各自抓住他一隻手臂了。雖然明知道掙扎無用，愛德華還是試著要將手臂自護士手上掙脫。

其中一名護士說：「你有一點小麻煩了，現在，保持冷靜，我們會照顧你。」

愛德華開始掙扎。

「讓我和伊格醫生說話。我有許多事要告訴他，我相信他一定會了解。」

那個男人已經用力把他往病房的方向拖。

「讓我走，」他大聲吼著，「我只是要跟他談一下。」

通往病房的路會經過休息室，而所有住院病人都聚集在那裡。愛德華的掙扎，讓場面有些難堪。

「讓他走吧！他只是瘋了！」

一些人笑著，其他人則用手拍打著桌椅。

「這裡是精神病院。沒有人必須依照你的方式做事。」

其中一名護士對另一位悄聲地說：

「我們最好嚇他們一下，否則情況會完全失控。」

「只有一個辦法。」

「伊格醫生不會喜歡的。」

「與其讓他心愛的醫院被一群瘋子搗亂，他會喜歡的。」

薇若妮卡從一陣冷汗中驚醒。外面吵極了，而她需要安靜才能繼續入睡，但是叫囂聲依舊。

她雖然感到有一些暈眩，但還是起床來到休息室，剛好看到愛德華要被拖走，而其他的護士衝進來，揮舞著注射針筒。

「你們在幹什麼？」她大聲尖叫。

「薇若妮卡！」

那個精神分裂患者在對她說話。他說出她的名字。混雜著驚訝和羞愧的情緒，她試著接近，但一名護士擋住了她。

「你在幹什麼？我在這裡不是因為我瘋了。你們不能這樣對待我。」

她試著要把這名護士推開，此時其他的病人繼續發出叫囂的聲音，對她而言，這是一場可怕的喧鬧。她能夠立刻找到伊格醫生然後馬上離開嗎？

「薇若妮卡！」

他再度說了她的名字。愛德華使盡了超凡的力氣，從兩名男護士手中掙脫。他並沒有逃走，反而站在那裡，動也不動，就像他前一夜一樣。好像被魔咒定住一樣，每個人都停下來，等待下一個動作。

其中一位護士再度上前，但是愛德華用盡所有的力量，直視著他：

「我會跟你走，我知道你要帶我到哪裡，我也知道你要所有的人都知道。再等一下就好。」

那名護士考慮之後覺得可以冒這個風險；畢竟，似乎一切都回復正常了。

「我想……我想妳對我十分重要，」愛德華對薇若妮卡說。

「你不能這樣說。你不存在於這個世界，你甚至不知道我的名字是薇若妮卡。你昨天晚上也沒有和我在一起，請告訴我你沒有。」

「我在這裡。」

她牽起他的手。周圍的瘋子們都在大叫、鼓掌，發出猥褻的叫聲。

「他們要帶你去哪裡？」

「接受一些治療。」

「我和你一塊兒去。」

「這不值得。妳會被嚇壞的，即使我向妳保證一點都不痛，根本不會有任何感覺。這比鎮靜劑要好得多，因為很快就可以清醒過來。」

薇若妮卡不知道他在講什麼。她後悔牽了他的手，她要盡快離開這裡，把她的羞愧隱藏起來，再也不想見到這個曾經目睹她最赤裸的一面的男人，卻對她溫柔有加，始終如一。

但再一次，她記起馬莉的話：她不必向任何人解釋她的生命，即使是前面站著的這個年輕男人。

「我要和你一起去。」

護士覺得最好也是這樣。這樣就不用強迫這名精神分裂患者，他會乖乖跟他們走，他愛去哪裡就可以去哪裡。

當他們抵達病房後，愛德華躺在床上。那兒有兩個男人在等著，有一臺奇怪的機器和一個裝滿布條的袋子。

愛德華轉向薇若妮卡，並要她坐在床上。

「幾分鐘之內，整個故事就會傳遍唯樂地，人們也會再次冷靜下來，因為即使是瘋人之中最瘋的人，都會感到害怕。只有親身經歷過的人才知道，它其實沒有看起來那麼可怕。」

護士們聽著這段對話，無法相信這竟然出自於精神分裂患者之口。他必定會疼死的，但是誰知道一個瘋子的腦袋裡在想什麼？這個年輕的男人都會害怕，所言不虛：這個故事很快就會傳遍唯樂地，很快一切就會再度平靜。

「你躺得太快了。」其中一名護士說。

愛德華再次起身，然後他們將一塊橡皮墊鋪在他身體下方。

「現在你可以躺下來了。」

他聽從。他完全冷靜，彷彿一切再自然不過。

護士們把一些布條綁在他身上，並將一塊橡皮放在他口中。

「這樣他才不會因意外而將自己的舌頭咬斷。」其中一位護士向薇若妮卡解釋，很高興能提供一些技術上的資訊及警告。

他們把那臺比鞋盒大不了多少，上面有三個標示盤及幾個按鈕的奇怪機器放在床邊的一張椅子上。它的頂部有兩根電線突出來，而且連接著像耳機一樣的東西。

一個護士把「耳機」放在愛德華的太陽穴上。另一個似乎在調整機器，轉動著一些按鈕，一下調到左邊，一下調到右邊。雖然愛德華因為口中的橡皮而無法說話，卻一直盯著她，似乎在說著：「不要擔心，不要怕。」

「機器電力設在一百三十瓦，時間〇．三秒，」在調整機器的護士說：「好了！」

他按下一個開關，機器嗡嗡作響。在這一刻，愛德華的眼睛發直，而他的身體在床上似要憤怒地彈跳起來，但是綁在身上的布帶又把他拉下來，脊柱幾乎都要扭斷了。

「住手！」薇若妮卡大叫。

「我已經停了。」護士說道，將「耳機」從太陽穴上拿下來。即使如此，愛德華的身體仍持續地痛苦扭動，他的頭從一邊搖到另一邊，因為搖得太過猛烈，有人必須扶著他的頭，使他保持靜止。另一個護士將機器放進袋子中，坐下來抽菸。

這幕景象持續了一會兒。愛德華的身軀似乎回到正常，然後痙攣又重新開始，而那名護士必須加倍使力，才能使他的頭保持固定。經過一陣子，痙攣才告減輕，直到全部停止下來。愛德華的眼睛睜得很大，一個護士用手將他的眼皮闔上，就像為死人做的那樣。

然後他將愛德華口中的橡皮拿出來，將綁在他身上的布條解下來，放進附在機器旁的袋子裡。

「電擊療法的療效約一個小時，」他對女孩說，女孩不再尖叫，眼前看到的一切彷彿將她催眠。「沒事的，他很快就會回復正常，而且也會更冷靜。」

一旦電擊發生效果，愛德華感覺到他以前所經歷過的：他的視力逐漸減低，好像有人將窗簾關上，直到所有東西消失。既不疼痛，也沒有受苦，但他看過別人接受電擊治療，所以他知道這看起來有多糟。

愛德華現在平靜了。如果說愛德華不久前經歷了全新的情感波動、體會到不同父母親情的另一種愛，那麼電擊治療——或是專家所謂的電流痙攣治療法（ＥＣＴ）——當然會使他恢復正常。

電擊的主要效果是摧毀暫時記憶。愛德華因此不會繼續作不可能的夢。他不會再期望不存在的未來；他的想法必須回到過去，否則他會再度想回到正常生活。

大約一小時後，芮德卡步入病房，在空曠的房間裡，一張床上躺著一名年輕男子，床邊有張椅子，一位年輕女人坐在上面。

當她靠近，她看到這個年輕女人似乎病了，她的頭低著，微向右下垂。

芮德卡想找人協助，但是薇若妮卡抬眼往上看。

「沒關係，」她說：「我剛才又發了一次病，但現在已經好了。」

芮德卡幫助她站起來，並帶她到廁所。

「這是男廁啊！」薇若妮卡說道。

「別緊張，這裡根本沒有人。」

她將薇若妮卡骯髒的毛線衫脫下，洗乾淨後晾在暖氣爐上。然後，她脫掉自己的羊毛上衣，把它交給薇若妮卡。

「留著它。我只是來和妳道別的。」

薇若妮卡心不在焉，好像失去了對生活的所有興趣。芮德卡帶她回到原來的座椅上。

「愛德華很快就會醒過來。他可能不太記得發生了什麼事，但是他的記憶很快就會回復，如果他剛醒來時不認得妳，不要被嚇到了。」

「我不會的，」薇若妮卡說，「因為我甚至不認識我自己。」

芮德卡拖了一張椅子，坐在她身邊。她在唯樂地已待得太久了，再多花幾分鐘來陪薇若妮卡也沒什麼。

「妳記得我們第一次見面是什麼時候嗎？我告訴妳一個故事，試圖解釋這世界正如我們所看見的。這世界都認為國王瘋了，因為他企圖下達一個在他子民心中早已不存在的命令。」

「生命中有很多事情對誰都一樣有效，無論我們怎麼定義它。就像愛。」

芮德卡注意到薇若妮卡的眼中，有一些改變。她決定繼續。

「我會說，如果某人只有短暫的壽命，然後決定把時間花在床邊，看著一名男人入睡，這一定就是愛情。我再多說一些：如果在這段時間，這人心臟病犯了，卻依然不聲張，因為她不想要離開這個男人，那只能說愛得很深了。」

「這也可能是絕望，」薇若妮卡說，「最後只能證明在烈日下繼續搏鬥是毫無意義的。我不可能愛上生活在另一個世界的男人。」

「我們都住在自己的世界中。但是，如果妳仰望星空，妳會看到就是所有這些掛在上面的不同世界，共同組成了星座、太陽系和銀河系。」

薇若妮卡站起來，走向愛德華。她溫柔地撫摸著他的頭髮。她很高興有人可以談話。

「很久以前，當我還是一個小孩時，我的母親強迫我去學鋼琴，我對自己說，我只有在戀愛時才能把琴彈好。昨晚，我有生以來一次覺得音符自指間流瀉而出，好像我對於自己正在做的事情毫無控制力。」

「有一股力量引導著我，組合著音符及曲調，我從來不知道我可以這樣彈奏。我把自己交給鋼琴，因為不久前我才把自己交給這個男人，這個甚至連我的頭髮都沒有摸過的男人。昨日之我非我，我非縱意性慾之我，亦非沉靜於彈奏音樂之我。然而，我又想，我確曾是我。」薇若妮卡搖了搖頭，「我講的這些東西，一點兒意義都沒有。」

芮德卡記得她曾與其他生物在不同的空間中浮沉的經驗。她想把這些事情告訴薇若妮卡，但又怕她腦中更混亂。

「在妳再度說自己即將死去之前，我想告訴妳一些事情。有一些人花費一生追尋，希望能達到一刻像妳昨晚的經驗，但他們卻從未成功。這就是為什麼，如果妳現在就死，妳的心也將充盈著愛。」

芮德卡站起來。

「妳沒有什麼好損失的。許多人不准自己去愛，因為風險太多，有太多的過去和未來。在妳的例子中，只有當下。」

她走向薇若妮卡，並吻了她。

「如果妳在這裡再待久一點，我就完全不會離開了。我的抑鬱已經治好了，但在唯樂地，我學到了有其他形式的瘋狂存在。我會帶著它們迎向新生，並開始用我自己的眼睛來觀察人生。

「當我來到此地，我深感沮喪。現在，我很自豪地說，我是瘋了。在外面，我會像所有其他人一樣循規蹈矩。我會到超級市場購物，和朋友一起交換雞毛蒜皮的情報，我會浪費寶貴的時間來看電視。但是我知道我的靈魂是自由的，我可以作夢，並且和其他的世界溝通；在我來此之前，我甚至連想都不敢想。

「我要讓我自己去做一些傻事，這樣人們才會說：『她剛從唯樂地放出來！』不過我知道自己有完整的靈魂，因為我的生活有意義。我可以去看日出，並相信上帝隱身其間。當有些人惹惱我時，我會告訴他們我的想法，而且我毫不擔心他們對我抱持什麼看法，因為每一個人都會說：『她最近才從唯樂地放出來。』

「我也會在街上尋找男人，看穿他們的眼睛，即使有慾望也沒有罪惡感。但隨後，我將走進一間出售進口商品的小店，買下我所能負擔最上等的美酒，並和我愛慕的丈夫共進佳釀，因為我將和他重拾歡笑。

「笑完之後，他會說：『妳真瘋！』然後，我會說：『我當然瘋，忘了我曾在唯樂地待過嗎，千萬別忘記喔！正是瘋狂解放了我。現在，我親愛的老公，你每年一定要排出假期，並且陪我去攀登一些危險的山，因為，我要在生命中冒險。』

「人們會說：『她最近才從唯樂地放出來，現在她把她的先生也搞瘋了。』而且，他會了解他們是對的，他會感謝上帝，因為我們的婚姻完全重新開始了，因為我們都瘋了，就像那些初嘗愛情滋味的人一樣。」

芮德卡離開了病房，嘴裡哼著一首薇若妮卡從未聽過的曲調。

這一天真是忙昏了，但是很有價值。伊格醫生試著保持著一個科學家的冷靜及公平，但他卻很難控制他的熱忱。他著手進行中的礬中毒治療測試出現了令人驚奇的結果。

∞

「妳今天並沒有排預約。」他對未敲門即擅闖入的馬莉說。

「時間不會太久的，我只是要問一下你的意見。」

「今天每個人都只要我的意見。」伊格醫生記起那個年輕女孩有關性的問題。

「愛德華剛才接受了電擊治療。」

「電流痙攣療法，請用正確的名稱，要不然我們看起來好像一群野蠻人。」伊格醫生企圖掩飾他的驚訝，待會兒，他會找出是誰做了這個決定。「如果你需要我對這件事的意見，我必須說明，電流痙攣療法在今天沒有以前用得多。」

「但是這方法很危險。」

「以前是非常危險；他們並不知道正確使用的電流量，不知道正確地放置電極的位置，有許多人在治療中因為腦出血而致命。但是，事情已經改變了。現在，應用電流痙攣療法時，技術上的正確度遠比以前高，而且還有一個好處，它能夠立即引起麻醉的作用，避免因為長期服用藥物造成化學中毒。去讀讀精神病治療期刊，不要把電流痙攣療法和南美洲人用來折磨人使用的電擊搞混了。好了，我已經給妳意見了。現在我必須回去工作。」

馬莉動都不動。

「那不是我要問的問題。我想知道，我是否可以離開？」

「妳隨時可以離開，也隨時都可以回來，因為妳的政府有足夠的錢讓妳待在這麼昂貴的地方。也許妳要來問我的是：『我治癒了嗎？』而我的答案是另一個問題：『治癒什麼？』妳會說：『治癒我的恐懼，我的驚慌。』而我會說：『好吧，馬莉，最近三年以來，事實上妳並沒有真正感受到這方面的痛苦。』」

「所以，我是治癒了。」

「當然不是。事情和妳的疾病並無關係。在我為斯洛維尼亞國家科學院所寫的論文中（伊格醫生不願意討論有關轡中毒的細節），我只是試著去從事被稱為正常人行為研究的研究工作。在我之前，有許多醫生已從事過類似的研究，並得到結論：所謂的正常狀態是由共識決定的，也就是說，有許多人認為一件事情是對的，這件事就變成正確的事情。」

「有些事情是由常識來決定：比如從側邊將鈕扣扣起來是一件十分困難的事情，所以將鈕扣放在前面是一件合乎邏輯的事情，放在背後就幾乎不可能了。」

「總之，其他的事情變成固定，是因為越來越多的人相信，這樣才合乎常理。我舉兩個例子，妳可曾注意過打字機上的鍵盤，是一種特殊的組合順序？」

「不，我沒注意。」

「我們稱之為QWERTY鍵盤，因為那是鍵盤上第一排的字母順序。有一次我在想，為什麼它要這樣設計，然後我找到了答案：第一架打字機是西元一八七三年，由克里斯多夫・肖爾斯[5]發明的，用來改善英文書寫的問題，但是有一個問題：如果一個人打字很快，機器字鍵會纏在一起，反而會造成機器的停頓。肖爾斯設計了QWERTY的鍵盤，這個鍵盤是設計來讓打字者打得比較慢的鍵盤。」

「我不大相信這個說法。」

「但這是真的。而且當時生產縫衣機的雷明頓公司，使用這種QWERTY鍵盤，做為他們第一次生產打字機的配備。這使得越來越多的人被迫學習這種特殊的系統，然後越來越多的廠商也開始生產這種鍵盤，直到它變成唯一的模式。再說一次：打字機和電腦所使用的鍵盤是用來讓人打字速度減慢，而不是更快一點，明白嗎？如果妳改變字母的排列方式，保證沒有人來買妳的產品。」

當她第一次看到打字機的鍵盤時，馬莉也好奇，為什麼鍵盤字母的排列不是依照一般字母的排列順序？但她立刻把此事拋諸腦後。她假設如此安排只是為了方便打字的人可以打得更快而設計的。

「妳曾經去過佛羅倫斯嗎？」伊格醫生問。

「沒有。」

「妳應該去，那裡並不遠，妳可以在那裡找到第二個例子。在佛羅倫斯的大教堂，有保羅．烏切羅[6]於一四四三年所設計的美麗時鐘。有趣的是這個時鐘雖然和其他時鐘一樣有報時的功能，但它的指針和一般時鐘的指針是相反的方向。」

「這和我的病有何關係？」

「我只是忽然想到這個。當他製造這個時鐘時，保羅．烏切羅並沒有想要到要這麼做：事實上，當時的時鐘有各種式樣，有些是我們現在所熟悉的指針走向，但也有像他所設計的形式。在某些未明原因下，也許只是統領公國的君主當時手持的時鐘就是我們現在認為『對的』，最後它就成為統一的款式，而尤西羅的時鐘就成

5 編按：克里斯多夫．肖爾斯（Christopher Sholes, 1819-1890）報社編輯，一八六七年改良第一臺QWERTY鍵盤打字機。文中的一八七三年指的應為雷明頓公司取得專利後生產的打字機。

6 編按：保羅．烏切羅（Paolo Uccello, 1397-1475），義大利畫家，作品具有跨時代特徵，融合哥德風與透視法。

為一種逆行，一種『瘋狂』。」

伊格醫生停住，他知道馬莉明白他的解釋。

「所以，讓我們回到妳的病上：每個人都是獨特的，有他們自己的素質、直覺、愉快的方式，以及各種冒險的欲望。總之，社會總是以一種集體的方式來制約我們的行為，而且人們從未停下來想一想，為何我們要依此規範而活。他們只是接受，就像打字員接受QWERTY鍵盤是最佳的選擇。在妳的一生中，是否曾有任何人問妳，為什麼時鐘的指針是往一特定的方向運轉，而不是往另一個相反的方向？」

「沒有。」

「如果有人問這個問題，他們所得到的答案也許是：『你瘋了不成。』如果他們堅持，人們會試圖找出一個理由，但他們很快就會改變主題，因為除了我剛才說的理由外，並沒有其他的理由。所以回到妳的問題。請再說一次妳的問題？」

「我治癒了嗎？」

「沒有，妳是一個與眾不同的人，但是妳卻要和別人一樣。在我的眼中，這才是一種嚴重的病。」

「與眾不同是很嚴重的病嗎？」

「想要和別人一樣才嚴重：這可能會引發精神官能症、精神病，以及偏執狂。這是人性的扭曲，和上帝的法則對抗，即使在全世界的森林中，也沒有一片葉子是和另一片葉子完全相同的。但是妳認為與眾不同是瘋狂的，這就是妳選擇住在唯樂地的原因。因為這裡每一個人都是不同的，所以妳就和其他人都一樣了。妳了解嗎？」

馬莉點頭。

「人們和本性對抗，是因為缺乏和別人不同的勇氣，所以生物體就開始產生礬毒，或是人們所熟悉的『苦痛』。」

「礬毒是什麼？」

伊格醫生知道他說的太多了，決定改變話題。

「這不重要。我的意思是：每個訊息都指出妳並未痊癒。」

馬莉有多年出席法庭的經驗，她決定馬上實踐。她的第一個技巧是假裝和她的辯方爭執，其實只是要把他拉入另一場爭執。

「我贊同。我到這裡的理由非常實在：我受到恐慌症的情緒來襲。我留在這裡的理由亦非常簡單：我無法面對失業及失婚，無法接受生活與理想不同。我同意你所說，我失去開始新生活的意志力，一個要全部重新開始的生命。我要補充的是：我同意在一間精神病院中使用電擊——抱歉，應該用你比較喜歡說的電流痙攣療法——，有嚴格的作息時間表，有些住院病人不時爆發歇斯底里症，比起所謂外在世界的統一規則，這裡的規則更容易被接受。

「然而昨天晚上，我聽到有一名女子在彈鋼琴。她彈得好極了，我幾乎從來沒有聽過這種演奏方式。當我聆聽音樂的時候，我想到所有為完成這些奏鳴曲、序曲、慢板樂曲而受苦的人，當他們在彈奏自己那與眾不同的曲調時，和當時掌握音樂世界權勢的人相比，內心一定覺得自己很傻。我想到去尋找某人來資助一個交響樂團可能遭受的困難及羞辱，也想到那些還不習慣這類樂章的觀眾可能發出的噓聲。

「然而，比起那些遭受屈辱的作曲家，更難過的是彈奏鋼琴的女孩，因為她知道自己將不久於人世。但是難道我不會死嗎？屆時我的靈魂會在哪裡以同樣的熱忱演奏自己的生命樂章呢？」

伊格醫生靜靜地聽著。好像他所有的構想已經開始開花結果了，但現在下定論還太早。

「我的靈魂在哪裡？」馬莉又問。「在我的過去，在我想要的生活方式裡。我把我的靈魂留在還擁有房子、丈夫、一份欲罷不能的職業的那一刻。

「我的靈魂停留在過去。但是今天它就在這裡，我可以感到它再一次出現在我的身體裡，既活潑又熱忱。我不知道該做什麼，我只知道我花了三年時間去了解生命將我推往一個我不願去的方向。」

「我想我看到一些改善的徵兆，」伊格醫生說。

「我不需要問是否可以離開唯樂地，我可以輕易地走過那道門，再也不回頭。但我需要把這一切說給某個人聽，而我決定說給你聽：那名年輕女孩的死，使我了解自己的生命。」

「我認為好轉的是正朝著奇蹟的療癒轉變。」伊格醫生笑著說：「妳想要做什麼？」

「我要先去薩爾瓦多，到那裡和孩子們一起工作。」

「沒必要去那麼遠的地方：塞拉耶佛離這裡不過兩百公里。戰爭雖已結束，但問題還在。」

「那我就去塞拉耶佛。」

伊格醫生從抽屜裡拿出一張表格，小心翼翼地填寫資料。然後，他站起來，將馬莉送到門口。

「祝妳幸運。」他說，然後立刻回到他的辦公室，並把門關上。他努力地盡量不要喜愛自己的病人，但是他從來未成功過。在唯樂地，會有很多人懷念馬莉。

當愛德華睜開雙眼，那女孩還在那裡。在第一次電擊後，他必須花許久的時間，才能想起來今天發生了什麼事；但一下子，這種治療發生效用，精確地以人工方式造成部分的麻醉，如此可以讓病患忘掉困擾他的問題，重獲平靜。

∞

總之，電擊的次數越多，療效的有效時間越短；他立刻就認出女孩了。

「你睡著時，說到自己看過天堂的景象。」她說，一邊用手撫摸著他的頭髮。

天堂的景象？哦！是的？天堂的景象。愛德華看著她。他要告訴她所有的事情。

然而，就在此時，護士帶著注射筒出現。

「妳必須打針，」她對薇若妮卡說，「伊格醫生的命令。」

「我今天已經打過了，我不要再打了，」她說，「還有，我不想離開這裡了。我拒絕遵守任何命令、規則，誰也不能逼我。」

護士似乎已經習慣面對這種反應。

「那麼，恐怕我必須將妳麻醉。」

「我要和妳談談，」愛德華說，「還是打針吧！」

薇若妮卡將毛線衫的袖子捲起來，護士將藥物打進去。

「這才是乖女孩，」她說：「現在你們兩個何不離開這陰暗的房間，到外面走一走？」

當他們一起在花園散步時，愛德華問她：「妳對昨晚發生的事情感到羞愧？」

「當時我是，但是我現在覺得很驕傲。我想要知道你所看到的天堂，因為我曾經有過一次接近天堂的經驗。」

「我需要能看得再遠一點，超越唯樂地的建築物。」他說。

「那麼，去吧。」

愛德華向身後看去，不是病房的牆壁，也不是病人沉默散步的花園，而是另一塊陸地上的街道，在一片不下則已，一下就是傾盆大雨的土地上。

愛德華可以聞到那片土地。當時正值旱季；他可以感覺到塵土的氣息在鼻孔中飛舞，這種感覺讓他心曠神怡，因為聞到大地的氣息是一種活著的感覺。他十七歲，正騎著一臺進口的自行車，才剛從巴西利亞[7]的美國學校畢業，這所學校提供所有的外交官子女入學就讀。

∞

他恨巴西利亞，但他愛巴西人。他的父親兩年前曾被任命為南斯拉夫大使，當時沒有一個人想到他們的國家會陷入暴力的分裂運動。米洛塞維奇依然掌握大權；男男女女們忍受著彼此間的差異，試著找出避開區域衝突的和平之道。

他父親的第一次任命是去巴西。愛德華憧憬著海灘、嘉年華、足球比賽及音樂，但他們最後卻來到巴西的首都，遠離海岸——這是一個供政治家、官僚、外交官，以及他們的子女避難用的城市，他們不太知道自己在這裡要做什麼。

愛德華痛恨住在這裡。他白天沉溺於閱讀，試著聯絡同學討論一些有關汽車、最近的教練，及流行服飾等與其他青少年見面時也會感興趣的話題，但並沒有成功。

有時候，會有派對的機會，男孩會在房間的一處喝得爛醉，女孩們則假裝對其他人都一樣冷漠。這種場合總有毒品出現，愛德華也幾乎什麼都嘗試過，但沒有一種藥物能讓他感到真正的興奮；他要不是太過激動，要不就是昏昏欲睡，立刻就對周圍的一切失去了興趣。

他的家人對他十分關心。準備要讓他繼承父親的衣缽，而且，雖然愛德華幾乎具備各種必要的才能，閱讀的興趣、良好的藝術家品味、嫻熟於語言，但他缺少擔任外交官一項必要的才能：他發現和別人談話很困難。

他的父母帶他參加各種宴會，要他邀請女同學回家，並且給他豐厚的零用錢，但他很少對其他人產生興趣。有一天，母親問他，為何不帶朋友回家午餐或晚餐。

「我知道成為體育教練的每一個步驟，而且我知道所有可以容易釣上床的女孩的名字。但僅止於此，和他們實在沒有什麼好談的。」

然後，一位巴西女孩出現了。大使和妻子發現他們的兒子開始出外約會，並且很晚才回家，這才略感安慰。沒有人確切知道她來自何方，但有一晚，愛德華邀請她回家晚餐。她是一個教養很好的女孩子，他的父母感到十分安心；這孩子總算開始發展與他人關係的才能。更有甚者，他們也認為這個女孩的存在，移除了他們心中最大的憂慮：很明顯地愛德華並不是同性戀。

他們對待瑪莉亞（女孩的英文名字）很親切，就像未來的公婆一樣，即使他們知道兩年以內，就會更換駐地，而且他們也從來沒有，連一絲絲考慮都沒有，要讓兒子娶一個異國女子為妻。他們計劃讓兒子娶一個從法國或德國良好家庭出身的女孩，可以在他將來精采的外交官生涯中，有一位高貴的伴侶。

然而，愛德華逐步陷入熱戀。出於關心，他的母親去找丈夫談話。

「外交的藝術包括讓你的對手等待，」大使先生說，「初戀可能終生難忘，但是總會結束。」

但是愛德華似乎完全變了一個人。他開始帶一些奇怪的書回家、在他的房間裡蓋起金字塔，而且，他和瑪莉亞每天晚上都焚香，並且花數小時凝視著釘在牆上的一些奇怪設計。愛德華在學校的成績每下愈況了。

他的母親並不了解葡萄牙語，但她可以看懂書的封面：十字架、燃燒的骨頭、絞死的巫師、怪異的標誌等。

「我們的孩子在閱讀一些危險的東西。」

「危險？巴爾幹半島上的情況才叫危險。」大使說著，「有謠言說斯洛維尼亞要求獨立，這可能會引起戰爭。」

總之，這位母親並不關心政治；她要知道她的兒子怎麼了？

「那他熱衷於焚香又怎麼說？」

「那是用來驅散大麻的香味，」大使說。「我們的兒子接受過一流的教育，他不可能相信，那些加了香料的小棍子能召來鬼神。」

「我們的兒子會吸毒？」

「有時候吧！我以前年輕的時候也吸過大麻；人們很快就對此感到厭煩了。我就是如此。」

他的妻子不但感到驕傲，並且重獲信心。她的丈夫是個有經驗的人，他曾進入禁藥的世界，卻又全身而退。有這樣堅強意志的人，有什麼情況不能控制。

有一天，愛德華要求是否可以有一輛自行車。

「我們有一輛賓士轎車和一個司機。你為什麼還要一輛自行車？」

「為了和大自然更為接近。瑪莉亞和我有一趟十天的旅行，」他說。「有一個臨近這裡的地方，有大量的水晶沉積，瑪莉亞說它們可以散發出正面的能量。」

他的父親和母親在共產政權下長大：水晶只是一種礦產，由特定的原子組成，而且不會散發出任何能量，不管是正面的能量，還是負面的能量。他們做了一些研究，發現這些所謂的「水晶震動」（crystal vibration）已逐漸蔚為風氣。

如果他們的兒子在官方的晚宴上開始討論類似的事情，他在別人眼中會顯得十分荒謬。第一次，大使覺得事情變得有些棘手了。巴西利亞是一個謠言之都，一旦他在外交上的敵手得知愛德華竟然相信這些原始的迷信，他們也許會認為他是習自於父母，而被視為等待之藝術的外交，同時也是一門在任何情況下都要維持外表正常的藝術。

他的父親說：「我的孩子，不能再這樣繼續下去了。」他說：「我在南斯拉夫的外交部有許多朋友。你未來要當一個傑出的外交官，一個輝煌的人生正等著你，你要學習去面對現實。」

愛德華離開了家，而且當晚並沒有回去。他的父母打電話到瑪莉亞的住處，和市內所有的太平間及醫院，但都找不到。母親對於他父親所扮演一家之主的角色失去了信心，雖然他可能對於跟自己完全陌生的人談判十分在行。

接下來，愛德華現身了，既餓且困倦。他吃了飯，並且回到他的房間，點燃了香，唸了他的咒語，然後睡了整夜。當他醒來時，一輛全新的自行車已經放在面前。

他的母親說：「去看你的水晶吧！我會向你的父親解釋。」

因此，在一個乾燥、多塵的下午，愛德華快樂地騎著自行車來到了瑪莉亞家。按照設計師的觀點，這個城市設計得很好；但在愛德華的眼中，此處設計得極糟。因為幾乎沒有街角，他只要直直地在快速道上往前走就行了，仰頭往上看，天際萬里無雲，然後他覺得自己正以不可思議的速度上升，彷彿直奔天際，又重重墜回地面，並在柏油路上落地。碰！

我出車禍了！

他試著想翻過身來，因為他的臉緊緊壓著柏油路面，他馬上理解他無法控制自己的身體。他聽到尖銳的汽車煞車聲，人們的交談聲中夾雜著救護車的鳴聲，有人靠近，並且試著觸摸他，然後他聽到一聲喊叫聲：「不要動他！如果動到他，他可能終生殘廢！」

每一秒鐘都走得好慢，愛德華開始感到害怕。他和父母不同，他相信上帝及來生，但即使如此，十七歲就死怎麼算也不公平，瞪視著柏油路面，在一個不是自己國家的土地上。

「你還好嗎？」他聽到有人問。

不，他一點也不好，他不能動，也不能說任何話。最糟糕的是他並未失去意識，他完全知道發生了什麼事，以及他情況如何。他為什麼沒有暈過去呢？就在他全力祈求上帝時，完全不理會任何人或任何情形，但上帝並未憐憫他。

「醫生已在路上！」有人在他的耳邊輕聲說話，握著他的手。「我不知道你能不能聽見我，但是保持冷靜，沒有麼好擔心的。」

是的，他聽得見，他也許會喜歡這個男人繼續和他說話，答應他這件事其實並沒有那麼嚴重，雖然他的年紀已足以明瞭，只有在情況真的危急時，人們才會說這種話。他想到瑪莉亞，想到那個他們想前往，充滿正面能量，在他冥想時所看到的滿山滿谷水晶景象，和巴西利亞完全不同，後者在他的冥想中，聚集了所有他曾經遭遇過的負面因素。

幾秒鐘變成幾分鐘，人們繼續試著安撫他，而從發生意外以來第一次，他開始感到痛。從他頭部中央竄起一股尖銳的痛，然後再分散、穿透至全身。

「他們到了，」那個握住他手的男人說：「明天你就能再度騎著單車到處走了。」

但是接下來的一天，愛德華卻待在醫院裡，兩隻腳及一隻手全都裹著石膏，他至少要在醫院裡待上一個月，並聽他母親不停地啜泣，他父親關懷的電話不斷，而醫生也要不斷地確認，這些動作每五分鐘重複一次，重要的二十四小時危險期能安然度過，以及腦部沒有受到傷害。

他的家人打電話給美國大使，美國大使從來不信任這個州醫院的診療服務，他們自己有複雜的緊急救護服務，還有一份巴西醫生的名單，是他們認為能力足以加入他們陣營的人。再一次，基於「好鄰居政策」，他們也把這些服務提供給其他的外交官。

美國人運來他們最先進的機器，進行了一大堆的測試及檢查，最後他們經常得到如此的結論：州醫院的醫生們正確地評估了傷勢，並做了正確的決定。

州醫院的醫生或許真的很好，但巴西的電視卻像全世界任何地方的同業一樣糟，而愛德華根本沒事好做。瑪莉亞來醫院探訪的次數越來越少；也許她找到其他人和她一起去水晶山了。

和他女朋友不穩定的行為相反，大使夫婦每天都到醫院來探望，但他們拒絕把家裡葡萄牙文的書帶給他。藉口他的父親即將被調職，所以再也不用學習這永遠用不著的語文，因此，愛德華只好安心地與其他病人談話，與護士討論足球，並且貪婪地閱讀他拿到手中的任何雜誌。

然後，有一天，一名護士帶了一本書給他，他已經有了，他卻斷定這本書「厚得不可能讀完」。而這一刻就是愛德華生命開始通往另一條陌生路途的起點，是一條把他帶到唯樂地，並且從現實中撤退的路，使他完全背離所有其他同齡男孩接下來的歲月努力去做的事情。

這本書講述那些想法震撼世界的理想主義者、那些對所謂的「地球上的天堂」有自己觀點的人士，以及那些花費終生將他們的理想與他人分享的人。耶穌基督是其中之一；達爾文及他「人類是由猿人進化而來」的物種進化論亦是其中之一；強調夢之重要的佛洛伊德；為了尋找新大陸，而將女皇珠寶典當的哥倫布；以及相信每個人生而都應享受平等待遇的馬克思亦名列其中。

其中也有聖徒的故事，就像巴斯克的士兵依納爵．羅耀拉，他和許多女人睡過，也在數不清的戰役中殺了很多敵人，直到他在納瓦拉王國的潘普洛納（Pamplona）受傷後，躺在床上等待康復，這時才了解宇宙的奧祕。還有來自西班牙阿維拉（Avila）省的泰瑞莎，她想要找到通往上帝的路徑，結果卻在某天偶然遇上：那天，她正路過一個走廊，停下來看一幅畫。厭煩了他本來的生活，聖安東尼決定將自己放逐沙漠，他在那裡消磨了十年的時間，有惡魔為伴，但他深受每一個想像的誘惑所苦。而阿西席的法蘭西斯是位像他一樣的年輕人，他決定要和鳥類說話，對於父母為他一生所安排的全部計畫一概拋諸腦後。

既然沒有其他的事情好做，他開始每天下午閱讀這本「厚書」。午夜時分，一名護士進來，詢問他是否需要協助，因為這是唯一這麼晚還亮著燈的房間。愛德華揮手將她趕走，眼睛甚至未曾從書本上抬起來一下。

這些撼動世界的男人和女人，不過就是普通的男男女女，就像他、他的父親、確定已經跑掉的女朋友。他們所充滿的懷疑及熱誠，幾乎所有人都曾在日常生活中感受過。也有一些人對於宗教或上帝，並無特別興趣，在擴展他們的心靈，或是達到新一層的共識上也沒興趣，直到有一天，他們忽然決定要改變一切。這本書最有趣的一點，就是告訴我們，在這些人的生命旅程中，都會出現某個單一的神奇時刻，使他們出發去尋找心目中的天堂。

許多人並不允許自己的生命白白逝去，為了獲得他們想要的，他們可以要求施捨或是向主政者求寵，使用武力或外交手腕，嘲弄法律或是面對當權者的盛怒，但是，他們從不放棄，而且總是在任何的困難情況下看到希望。

第二天，愛德華將他的金錶交給那位把書送給他的護士，並且要求他將金錶賣掉，將得來的錢盡量去找同一主題的書籍。這種書並不多。他試著讀這些人的傳記，但他們總是被描寫得好像人中之龍、受到天啟，不像一般的普通人，他們必須奮力爭取自由以表達思想。

愛德華對於他所讀到的東西印象深刻，因此，他甚至認真的考慮成為一名聖人，利用這次意外的機會，改變他人生的方向。但是跌斷的雙腿，讓躺在醫院裡的他，連一個簡單的願景都沒有。他未曾停歇地畫著這些感動他每一處靈魂的作品，他沒有朋友可以幫他在巴西高原中央興建一家教堂，而沙漠都在遠方，並且充滿了政治上的問題。不過他可以做一些事情：他可以學習繪畫，並試著向全世界顯示這些男人及女人的理想及願景。

他們為他取下石膏，一回到大使館，他馬上就被關心、寬容及注意所包圍，畢竟一個大使的兒子是受到其他的外交家寄予厚望。他問母親，是否能報名繪畫班的課程。

母親說，他在美國學校已錯過許多的課程，必須趕快補上損失的時間。愛德華拒絕了。他對繼續學習地理及科學一點興趣都沒有，他想成為一名畫家。在一個出其不備的時刻，他解釋：

「我想要畫天堂的景象。」

他的母親什麼也沒說，但她答應去問問女性的朋友，探聽城裡最好的繪畫課程在哪裡。

大使當晚下班回家時發覺太太正在房間裡哭泣。

「我們的孩子瘋了，」她說，她的臉上涕泗縱橫，「那場車禍影響到他的腦子了。」

「不可能！」大使憤憤不平的回答。「他由美國人特別選出來的醫生檢查過了！」

他的太太告訴他，他的兒子說了些什麼。

「這只不過是年輕人的反叛罷了。妳只要等著，一切事情就會回歸正常，妳會看到的。」

這一次，等待完全沒有用，因為愛德華急著要重新開始生活。兩天以後，愛德華對他母親朋友的拖延已經不耐煩起來，他決定自行報名參加藝術課程。他開始學習有關於色彩及透視，同時他也開始結識一些不以教練和汽車製造為話題的人。

「他和藝術家住在一起！」他的母親哭著對大使說。

「哦！不要管他。」大使回答，「他很快就會厭倦，就像對他的女朋友、他的水晶、金字塔、燒香，以及大麻一樣。」

但是時光飛逝，愛德華的房間已成為臨時的畫室，充滿了對他父母而言毫無意義的畫作：圓圈、各種鮮艷的色彩組合、原始的象徵，以及做成祈禱狀的人形。愛德華，孤獨的男孩，他在巴西的兩年當中，從未帶朋友回家，而現在他房裡卻充滿了陌生人，他們穿著邋遢，頭髮亂七八糟，聽著震耳欲聾的可怕音樂，無止境的抽菸及喝酒，表達了對基本禮儀的漠視。有一天，美國學校的主任打電話給他的母親。

「我想你的孩子一定吸毒了，」她說，「他的學校成績遠低於平均值，如果他持續如此，我們就不能讓他繼續註冊了。」

他母親直接到大使的辦公室，轉告他主任所說的事情。

「你一直說，只要等下去，一切事情都會回復正常！」她歇斯底里地尖叫，「那就是你那瘋狂、嗑藥的兒子，他的腦袋明顯受到嚴重的傷害，然而你關心的只有雞尾酒派對及社交場合。」

他說：「小聲點！」

「不，我不要，而且如果你還是什麼都不做，我也不會再不作聲。那孩子需要幫助，你難道看不出來？醫療上的幫助。想想辦法吧！」

大使考量到妻子吵鬧的一幕使他在職員面前難堪，而且也擔心愛德華對繪畫的興趣維持得比預期更久。一向務實、又對正確做法了然於心的大使，訂定了一個對策。

首先，他打電話給同業，美國大使，禮貌地詢問他是否可以再使用一次大使館的醫療設備。他的要求當然被允許了。

他回去找到當初負責的醫生，向他解釋情況，並且要求全面重新審閱他們所做過的測試。害怕被告的醫生們，依照他的要求去做，並且得出報告指出測試的結果並沒有任何不正常。在大使離開以前，他們要求他簽署一項文件，解除了美國大使館將愛德華帶給他們醫療的法律責任。

大使立刻趕到愛德華一度入院診療的醫院。他和主任談話，解釋兒子的問題，並且要求以例行性檢查為由，抽取愛德華的血液，看看男孩體內是否有殘留毒品。

他們做了血液化驗，但並未得到任何毒品的痕跡。

如今只剩下他策略的第三步及最後的階段是：親自和愛德華談話，找出到底發生何事。唯有掌握所有的事實，他才能夠做出正確的決定。

父子兩人坐在起居室中。

「你的母親十分擔心你，」父親說，「你成績退步很多，而且有一個危機，你可能無法再去註冊上課。」

「但是，爸，我在藝術學校的成績有進步。」

「我很高興你對藝術那麼有興趣，但在你做這些事情之外，還有大好前程在等你。現在最主要的事情是先完成你的中學教育，然後我才能替你規畫如何成為一個外交官。」

愛德華在開口發言前，想了很久、很深。他想到那場意外、那本有關於理想主義的書，這些成了他對自己真正想投身的事業之憑藉，他也想起許久沒消息的瑪莉亞。有一段時間，他躊躇了一下，但到最後，他說：

「爸，我不想當外交官。我想當畫家。」

他的父親早就做好回應的準備，而且知道要如何進行。

「你會當一個畫家，但首先要修完你的課業。我會安排在貝爾格勒、札格雷布、盧比安納和塞拉耶弗等地進行展覽。我有影響力，可以幫你很大的忙，但你要先完成你的學業。」

「如果那麼做，我只是在走捷徑。進一所學校，從一個我完全不感興趣的專業獲得學位，雖然可以過活掙錢。但繪畫失去重要性，降格成為陪襯，最後我就會忘記我所追求的。我只想找一個可以經由繪畫維生的方法。」

大使開始有一些煩躁了。

「你已經擁有所有的東西了，兒子，一個愛你的家庭、房子、錢、社會地位，但正如你所知，我們的祖國正經歷著痛苦，有關內戰的謠言充斥。可能明天我什麼忙都幫不上了。」

「我可以自助。相信我。有一天，我會畫一系列命名為『天堂願景』的作品。這將為男人和女人所經歷的心靈之旅譜下視覺歷史。」

大使讚美他兒子的決定，以一個微笑結束了兩個人之間的談話，並決定再給他一個月的時間；畢竟，外交也是一種拖延的藝術，靜待問題自行解決。

一個月過去，愛德華還是將他所有的時間投注在繪畫、奇怪的朋友，以及明顯地設計用來使人精神失控的音樂。更糟的是，他和老師辯論有關聖徒是否存在的問題，終於遭到美國學校開除。

既然此一決定再也不能拖延，大使做了最後一次努力，他叫他的兒子進來，準備一場男人間的對話。

「愛德華，你已到了要為自己負責的年紀。我們已盡可能地容忍這些事情，但是你現在要忘記所有要成為畫家的胡說八道，而且我要教你一些生涯規畫的方向。」

「但是，爸，當一個畫家就是我的人生方向。」

「那我們對你的愛呢？我們提供你接受良好教育所做的努力呢？你以前從來不會這樣，我只能假設是意外後產生了一些後遺症。」

「聽著，我愛你們勝過這世界上的任何事及任何人。」

大使清清喉嚨。他不習慣這麼露骨的情感表達。

「所以用這份愛遵照你母親的願望去做吧。只要停止繪畫一陣子，結交幾個和你屬於同一社會階層的朋友，然後回到學校去讀書。」

「你愛我，爸，但你不能要求我照做，因為你替我立下了一個絕佳的範例，為你關心的事情奮力去爭取。你總不會期望我是個沒有主見的男人吧！」

「我是要你為了愛去做，我以前從未說過，但我現在是請求你。為了你所愛的我們，也為了我們對你的愛。你是我們的全部，我們的未來及過去。你的祖父是一個僕役，我必須像一頭獅子一樣地奮鬥以進入外交圈服務，開創我的青雲之路。而我做這些事情，只是為你創造一個空間，讓事情對你來說比較簡單。我仍然保留第一次當大使時，簽署第一份文件時所使用的筆，而我很樂意有一天，你做同樣的事時，能把這枝筆傳給你。

「不要讓我們失望，兒子，我們不會長生不死，但我們希望能平靜死去，我們希望確知已替你的生命找到了正確的道路。

「如果你真的愛我們，照我說的去做。如果你不愛我們，你就照現在這樣繼續下去吧！」

愛德華坐了許久，看著巴西利亞的天空，看著雲朵緩緩地跨過藍天游動，美麗的雲，但是卻沒有足夠的水氣，可以普降甘霖，潤澤為乾旱所苦的巴西中部高原。他像它們一樣的空虛。

如果他繼續為所欲為，他的母親將會抑鬱而終，父親也會失去對人生的所有熱誠，而且相互指責對方對心愛的兒子管教失當。如果他放棄繪畫，「天堂的願景」系列將永不見天日，而世間再沒有其他東西可以帶給他同樣的愉悅及喜樂。

環顧四周，他看到自己的繪畫作品，他記得在畫下每一筆時注入的意義及愛，而且他發現自己的每一幅畫都很平常。他是個騙子，他奢望原非他所長的事物，而付出的代價是他父母的失望。

天堂的願景是給少數被選擇的人，在書中，他們不是以英雄，就是以信仰的殉道者形象出現，是那種從小就知道世界對他們的期待的人；而他在第一本書中看到的所謂事實，不過是說故事者的虛構罷了。

晚餐時，他告訴父母，他們是對的；這只是一個年輕的夢罷了；他對繪畫的熱誠已然消退。他的父母很高興，母親快樂地擦著眼淚，擁抱他們的兒子，而一切都將回歸正常。

在那晚，大使祕密地打開一瓶香檳，一個人獨飲，慶祝自己的勝利。當他回房上床時，他的妻子——幾個月以來的第一次——已經平靜的睡著了。

第二天，他們發現愛德華的房間一片混亂，畫作摔得到處都是，他卻坐在牆角，直愣愣地瞪著天空。他的母親抱著他，告訴他她有多愛他，但愛德華卻沒有反應。他再也不需要和愛有關的任何東西，他已經受夠了整件事情。他以為可以就這樣放棄，聽從父親的忠告，但他已經陷得太深了；他已經跨越了區分男人和夢想的那道深淵，再也無法回頭。

他不能前進也無力後退。離開這個舞臺可能會容易些。

愛德華在巴西又待了五個月，由幾位專家進行治療，他們診斷出他患了罕見的精神分裂症，也許是因為自行車意外所引起的。之後，南斯拉夫戰火爆發，大使被緊急召回。對家庭來說，照顧愛德華所引起的問題太多，唯一的方法就是把他留在新開的唯樂地。

當愛德華說完他的故事，外面天色已暗，他們兩個都冷得發抖。

∞

「我們進去吧！」他說，「他們馬上就要開始晚餐了。」

「當我還是個小孩，任何時候我們去看祖母，我總會被她屋裡牆上的一幅畫所吸引。它畫的是一名女人——在天主教，我們稱之為『我們的女士』——泰然自若地站在世界之上，雙臂展開，幾乎碰到地球，指尖射出光芒。

「這幅畫最讓我好奇的是，這名女子是站在一條活生生的蛇身上。我對祖母說：『她不怕蛇嗎？蛇不會咬她的腳，用毒液殺死她嗎？』」

「這和我的事有何相干？」

「我認識你只有一個禮拜，所以現在要我告訴你我愛你是太早了一些，但我也許無法活過今晚，一切都會變得太遲。但是男人和女人的瘋狂正是：愛。」

「你告訴我一個愛的故事。我確實相信你的父母要給你最好的，但是他們的愛幾乎摧毀了你。如果『我們的女士』就像出現在我祖母牆上的畫，可以腳踏著蛇，這表示愛有兩面。」

「我了解妳的意思了，」愛德華說，「我刺激護士給我電擊，因為我完全被妳搞迷糊了。我不能正確地說出我的感受，而且愛情曾經把我摧毀過一次。」

「不要害怕。今天，我要求伊格醫生准許我離開此處，並且選擇一個地方可以永遠地閉上雙眼。但是當我看到那些護士抓住你的樣子，我了解到，當我離開這世界時，我想看見的是什麼：你的臉。於是我決定不走了。

「當你因為電擊而睡著時，我又一次心臟病發，我想我的大限到了。我看著你的臉，試著猜想你的故事，而且我準備快樂地赴死。但死亡並未降臨，我的心臟又撐下來了，也許是因為我還年輕吧。」

他低著頭。

「不要因為被愛而感到困窘。我沒有向你要求任何東西，只是讓我愛你，並且在今夜再度為你彈鋼琴，再一次就好，如果我還有力氣的話。做個交換，我只要求一件事，如果你聽到任何人說我就要死了，直接到我的病房來。完成我的心願。」

愛德華繼續沉默，薇若妮卡想，他八成又撤退到另一個世界去了，而且好長的時間不會回來。

然而，他看著牆外的群山，並且說道：

「如果妳要離開，我可以帶妳走。只要給我一點時間收拾幾件外套並帶點錢。

然後我們就可以上路了。」

「這撐不了太久的，愛德華，你知道的。」

愛德華並沒有回答。他立刻進房又出來，手上拿著兩件外套。

「這會直到天長地久，薇若妮卡，比所有我花在這裡，一直想把天堂願景忘掉的那些數得清的白天黑夜都久。而且，我也幾乎忘記它們了，不過，它們現在彷彿又回來了。」

「快點，我們走吧。瘋子就該做瘋狂的事。」

那晚，當大家都聚集著等待晚餐時，住院病人發現有四個人不見了。

∞

芮德卡，每個人都知道，經過長期的治療後，她已經獲准離開了。馬莉，也許就像她常做的，跑去看電影了。還有愛德華，也許還未從電擊治療中甦醒。當他們想到這裡，所有的住院病人都感到害怕，在靜默中進餐。

最後，那個碧眼褐髮的女孩也不見了。所有人都知道她活不過一個禮拜。

沒有人在唯樂地公開討論死亡，但是缺席者都被注意，雖然每個人總是試著假裝什麼都沒有發生。

一個謠言從一張餐桌上開始，然後滾過一張又一張的餐桌。有人拭淚低泣，因為她曾如此地充滿活力，現在她要躺在一個小棺材裡，停放在醫院的後面。即使在白天，也只有最大膽的人才敢到那裡。那兒有三張大理石桌子，而且通常都會有一具新屍體放在其中一張桌子上，覆蓋著一張床單。

每個人都知道，今晚，薇若妮卡將會在那裡。那些真的瘋子很快就會遺忘，這個在一週前出現的客人，她常常彈鋼琴打擾每一個人的睡眠。有少數人，當他們聽到此一消息時，反而比較悲傷，尤其那些當薇若妮卡待在加護病房，曾和她共處的護士們，但是醫院的雇員都受過訓練，不要與病人發展強烈的情感，因為有人離開，有人死亡，而大部分人的病況都穩定地轉壞。他們的悲傷持續較久，然後也同樣地消逝了。

總之，大部分的住院病人，都聽到這個消息，假裝既驚愕又悲傷，但事實上卻覺得鬆了一口氣，因為再一次，死亡天使穿越了唯樂地，而他們逃過一劫。

當兄弟會於晚餐後聚在一起時，團體中的一員告知他們一個訊息：馬莉並沒有去電影院，她離開了，再也不會回來，並且留給他一封信。

∞

似乎沒有人對這件事多加重視：她好像總是與眾不同，太過瘋狂，不能像他們一樣適應唯樂地這種理想的生活方式。

「馬莉從來不了解我們在這裡有多快樂，」其中一人說：「我們是有共同興趣的朋友，我們按照同樣的作息生活，有時候一起出外旅行，邀請別人到此演講以談論重要的事情，然後我們再討論想法。我們的生活達到完美的平衡，而這是外面的世界所樂於努力追求的。」

另一人說：「更別提的是，在唯樂地，我們受到保護，免於失業、波士尼亞戰火蔓延、經濟問題，以及暴力的恐懼。我們找到了和諧。」

「馬莉留給我這封信，」透露馬莉離開消息的成員說道，手裡拿著彌封的信箋。「她要求我盡可能大聲唸出來，就好像她向我們所有人道別一樣。」

團體中最年長的一位打開信，並遵照馬莉的要求去做。他在中途試著停止，但這時已太遲，所以他就一路唸到底。

「當我還是個年輕的律師時，曾經讀過一位英國詩人寫的詩，他的一些作品讓我印象深刻：『願像噴泉般奔湧，不只當個能蓄水的池塘。』我總認為他錯了：奔湧是危險的，因為最後也許會淹沒我們所愛者的居所，因而使我們的愛與熱誠將他們溺斃。在我的一生努力做好一個池塘，內心裡，從來沒有逾越過這道界限。

然後，為了一些我從未了解的原因，苦於來襲的驚恐。我成為那種我一直努力不想變成的人：我變成一個噴泉，不但奔流，而且淹沒每一個身邊的人。結果就是住進了唯樂地。

接受治療後，我回到池塘，然後遇見你們所有人。我要感謝你們的友誼，感謝你們的愛以及許多快樂的時光。我們住在一起，就像魚在魚缸生活，因為有人在我們需要時向我們投擲飼料就感到心滿意足，而且能夠在任何我們需要的時候，去看看外面的世界，就像透過魚缸的玻璃看世界一樣。

但在昨天，因為一架鋼琴及一位現在可能已經死去的年輕女人，我學到非常重要的東西：裡面的生活和外面的生活是完全一樣的。不管是這裡，還是那裡，人們都一群一群地聚在一起，建立起他們的牆，不讓任何陌生人來打擾他們平凡的存在。他們做事，因為他們已經習慣做這些事，他們研究沒有用的主題，他們娛樂，因為他們應該娛樂，而世界上其他人可以儘管去上吊——就讓他們自生自滅吧。而最過分的，他們看電視新聞——就像我們常做的——好像是用來確認他們的快樂，在這樣一個充滿問題及不公的世界裡。

在這裡我想說的是，兄弟會的生活，完全就像所有唯樂地以外的生活，小心地避免所有關於誰躺在玻璃魚缸外的知識。有很長一段時間，它很舒服，也很受用，但是人會改變，現在，我離開了，去追尋冒險，雖然我已經六十五歲了，並且充分了解這個年紀能承擔的限制。我要去波士尼亞，那裡有許多人正等著我。雖然，他們還不知道我是誰，我也不認識他們。但是，我確信這是很有用的，而且，一次探險的危險更勝千年的舒服和安逸。」

當他讀完這封信後，兄弟會所有成員都回到他們的房間和病床，告訴自己，馬莉終於瘋了。

愛德華和薇若妮卡選了盧比安納最貴的餐廳，點了最貴的菜，喝了三瓶一九八八年的美酒，這可是本世紀最好的佳釀之一。晚餐時，他們一次也沒提到唯樂地，也沒提到未來及過去。

∞

「我喜歡這個有關蛇的故事，」他說，一面替她的酒杯斟上第N次酒，「但是妳的祖母太老了，所以不能完整地闡述它。」

「請對我的祖母放尊重點！」薇若妮卡帶著醉意低吼著，使得餐廳中每一個人都轉過頭看著他們。

「敬這位年輕女士的祖母，」愛德華說著，並跳起來，「敬坐在我面前這位瘋女士的祖母一杯，她毫無疑問是從唯樂地逃出來的。」

人們將他們的注意力轉回到身前的食物上，假裝什麼也沒發生。

「敬我的祖母一杯！」薇若妮卡堅持。

餐廳的主人來到他們這一桌。

「請你們注意一下言行！」

他們安靜了一下，但很快再度恢復大聲談話，他們荒謬的談話及不適當的舉止，讓餐廳的主人回到他們桌前，告訴他們不必付帳單，但是必須馬上離開。

「想想我們可以省下那些超貴的酒錢，」愛德華說：「我們最好在這位紳士反悔前離開這裡。」

那個男人心意堅定。他已經將薇若妮卡的椅子拉開，一種盡可能要他們立刻離開餐廳的禮貌姿勢。

他們散步到城市的小廣場中央。薇若妮卡抬頭看著她的修道院小房間，醉意一掃而空。她記起來，她很快就要死去。

「讓我們買更多的酒！」愛德華說。

附近有一家酒吧。愛德華買了兩瓶酒，他們兩個坐下來繼續喝。

「我祖母對那幅繪畫的詮釋有什麼不對？」薇若妮卡問。

愛德華喝得爛醉，以致於他必須努力記起在餐廳中講了些什麼，但他應付得來。

「妳的祖母說那個女人站在蛇上，是因為愛必須主宰善與惡。這是個很好、很浪漫的詮釋，但這和畫一點也不相干。我以前也看過這樣的圖像，是我計劃去描繪的『天堂願景』中的一個形象。我以前老是懷疑為何他們總是把聖母瑪利亞的形象搞成那樣。」

「他們為什麼要這樣？」

「因為聖母瑪利亞代表著女性的力量，而且是蛇的統治者，蛇象徵智慧。如果妳曾注意看過伊格醫生戴的戒指，妳可以看到上面攜刻著醫生的標誌：兩條蛇纏在一根杖上。愛超越智慧，就像聖母瑪利亞超越蛇一樣。對她而言，所有事情都是啟示。她根本毋須判斷什麼是善良，還是邪惡。」

「你知道另一件事嗎？」薇若妮卡問，「聖母瑪利亞從不在乎其他人的想法。想想看，如果聖母必須向每一個人解釋有關聖靈的事，什麼都不會解釋，只是說：『事情就那樣發生了。』你知道其他人會怎麼說？」

「當然。說她是個瘋子。」

他們一起大笑。薇若妮卡舉起她的杯子。

「恭喜。你應該去畫那些天堂願景，而不是只在嘴上說說。」

愛德華回答：「我會從妳開始。」

除了那個小廣場外，還有一座小山。在小山的頂端，有一座小城堡。薇若妮卡和愛德華在陡峭的小徑上跋涉，一面咒罵，一面笑鬧滑倒在冰上，抱怨已經精疲力盡。

在那座城堡旁邊，有一個巨大的黃色起重機。對任何第一次到盧比安納的人來說，這起重機給人一種城堡已在進行修復、且快要完工的印象。總之，這個盧比安納的展示品已在該處多年，但是沒人知道為什麼。薇若妮卡告訴愛德華，當幼稚園的孩童在畫盧比安納的寫生時，他們總是把起重機也一併畫進去。

「而且，那個起重機一定比城堡保存得更好。」

愛德華笑起來。

「妳現在應該已經死了，」他說，仍然有著醉意，但在聲音中更有一股懼意，「妳的心臟應該無法負荷這樣的攀爬。」

薇若妮卡給了他一個又長又依戀的吻。

「看著我的臉，」她說：「用你靈魂的雙眼記住我的臉，而有一天你可以重新創造。如果你喜歡，這可能就是你的起點，但是你必須回到繪畫。這是我最後的要求，你相信上帝嗎？」

「我相信。」

「那你必須以上帝的名義起誓，你確信你會畫我。」

「我發誓。」

「畫完我之後，你會繼續畫下去。」

「我不知道我是否能夠發這個誓。」

「你能。而且我還要跟你說：謝謝你帶給我生命的意義。我來到這個世界，以便能經歷一切我所經歷的事情：企圖自殺、破壞我的心臟、遇見你、來到這座城堡、讓你把我的臉銘記在心。這就是我來到這個世界的唯一原因，讓你從歧途重新回到正途。請不要讓我覺得自己的生命毫無意義。」

「我不知道現在是太早，還是太遲，但是，如同妳對我做的，我要告訴妳我愛妳。妳不必相信，也許這只是我的幻想，我的傻氣。」

薇若妮卡將她的手臂環繞著他，並且要求她以前並不相信的上帝在這一刻帶她走。

她闔上雙眼，並且感到他也在做一樣的事。然後一陣深沉、無夢的睡意襲來。死神是甜蜜的，聞起來像酒，而且祂正撫摸著她的頭髮。

愛德華感覺有人在戳他的肩膀。當他睜開雙眼，已是破曉。

∞

「如果你願意，可以到市政廳的收容處，」一個警察說，「如果待在這裡，你會凍死的。」

在一秒鐘內，愛德華記起前一晚發生的所有事情。他的手臂內蜷躺著一個女人。

「她……她已經死了。」

但是那個女人動了起來，並且睜開雙眼。

薇若妮卡問：「出了什麼事？」

「沒事，」愛德華說，幫她站起來，「或者該說，奇蹟發生了：又一天的生命。」

伊格醫生一走進他的診療室，打開燈——因為陽光還是很晚才進屋，而冬天拖得太長——一名護士敲他的門。

∞

他對自己說：「今天事情好像開始得比較早。」

這將是艱難的一天，因為他準備要和薇若妮卡進行一番好好的對談。他已經花了整整一週的時間來佈建，前一晚他連闔眼睡覺的時間都沒有。

「我有一些讓人擔心的新聞，」那護士說，「有兩位住院病人失蹤：大使的兒子和那有心臟問題的女孩。」

「說真的，你們真是無能，這個醫院的保全工作從來稱不上周全，不過那不是真正的問題。」

「這只是因為以前從來沒有人曾經試著從這裡逃脫，」護士嚇壞了，解釋道：「我們不知道有這種可能！」

「滾出去！現在我必須為業主準備一份報告、通知警察、按照程序來進行。告訴所有人，我不能被打擾，這些工作費時費力！」

這名護士離開時，臉色慘白，明白這個嚴重問題的大部分責任都會落在自己肩上，因為這就是強者和弱者打交道的模式。毫無疑問的，他在日落前將被解雇。

伊格醫生撿起一本筆記本，放在桌上，開始記重點；然後，他改變了心意。他把燈關掉，坐在辦公室裡，初升的朝陽帶來室內不穩定的光線，而他笑了。事情成功了。

有一陣子，他會記下一些必要的重點，描述著唯一可治療礬中毒患者的東西：對生命的意識。而且在針對病人所進行的第一次主要測試時，開出的療方是：喚醒病人對於死亡的意識。

也許有其他形式的藥物存在，但是伊格醫生決定將他論文的重點集中在他有機會進行的科學性實驗，這要感謝這名缺乏機智的年輕女人，她變成他命運的一部分。她被送達時簡直慘不忍睹，正承受著服藥過量的嚴重痛苦，幾乎昏迷。總之，她在生死邊緣掙扎約一週，這時間剛好夠他想出這個聰明的點子來做實驗。

所有一切都依賴一件事：女孩的求生能力。

而且她確實有，沒有嚴重的後遺症、沒有不可挽救的健康問題；如果她能照顧自己，她可以和他活得一樣久，甚至比他活得還要久。

但伊格醫生卻是唯一知情的人，因為他知道，企圖自殺者早晚會再試一次。為何不乾脆拿她當天竺鼠，看他是否能消滅從她體內產生的鬱毒或苦痛？

因此伊格醫生想出了這個計畫。

他使用一種名稱為費諾特（Fenotal）的藥品，來模擬心臟病突發的效果。有一個禮拜的時間，她接受這種藥的注射，而且她必須非常地害怕，因為這樣她才有時間去思考關於死亡之事，並回顧自己的一生。根據伊格醫生的論文（此論文的最後一章被定名為：對死亡的意識鼓勵我們生活得更熱忱），在這種情況下，女孩體內的鬱毒已完全被排除，而且應該，相當地可能，再也不會嘗試自殺了。

他應該在今天和她見面，並且告訴她，因為打的那些針，他得以完全改善她的心臟情形。薇若妮卡逃跑了，使他免於對她再次說謊的不愉快經驗。

但伊格醫生沒有預料到的，是他治癒鬱毒藥方的傳染性。許多住在唯樂地的病人被他們所意識到緩慢而無可挽回的死亡嚇壞了。他們一定全部都在思考，是否錯過了什麼，也被迫重新評估他們自己的生命。

馬莉前來要求他讓她出院。其他病人們要求重新審閱他們的案例。而大使兒子的情形更令人擔心，因為，他就這樣失蹤了，也許是他幫助薇若妮卡脫逃。

「也許他們倆還在一起。」他想著。

無論如何，只要他想回來複檢，大使的兒子知道唯樂地何在。伊格醫生對結果太過興奮，花費了太多注意力在不重要的細節上。

有一會兒，他被另一個疑慮所困：遲早，薇若妮卡會理解，她不會因為心臟病而死亡。她也許會找到一個專家，他會告訴她，她的心臟完全正常。她會判斷，在唯樂地照顧她的醫生完全不能勝任他的工作，不過，所有敢研究禁忌主題的人都一樣，不但要具備一定程度的勇氣，並且還要有被人誤解的膽量。

在往後的歲月中，她要如何克服死亡可能猝然來襲的恐懼？

伊格醫生對這個問題思考良久，最後決定這並不重要。她會把每一天都當作一個奇蹟，然而事實上也沒錯，當你考慮到我們脆弱的存在，就能明白有許多不可思議的事情每一秒鐘都在發生。

他注意到太陽投射的光線越來越強了；這段時間，住院病人應該在用早餐。很快地，他的候診室將會擠滿人，一般常見的問題會被提出，他現在最好趕快開始將他論文的重點記下來。

他一絲不苟地把有關薇若妮卡的實驗記錄下來；至於院內警戒不足的報告，可以再等一等。

《薇若妮卡想不開》、《魔鬼與普里姆小姐》和《我坐在琵卓河畔，哭泣》這三本書以七天為架構，敘述主角突然面臨命運的考驗與抉擇，合稱為「到了第七天」三部曲（And On the Seventh Day Trilogy）。我一直深信，人生最重要的體驗，常發生在極短的時間內。生活的挑戰往往在我們猝不及防的時刻出現，考驗我們改變的勇氣和決心；這一刻一旦發生，假裝事情沒有發生或者還沒有準備好都是無意義的。

機會不等人。人生無法回頭。一週足以讓我們決定是否接受自己的命運。

藍小說316

薇若妮卡想不開

作　者—保羅．科爾賀
譯　者—劉永毅
編　輯—張瑋庭
行銷企畫—劉育秀
美術設計—蔡南昇
內頁排版—極翔企業有限公司

副總編輯—嘉世強
董 事 長—趙政岷
出 版 者—時報文化出版企業股份有限公司
108019臺北市和平西路三段二四〇號三樓
發行專線—（〇二）二三〇六六八四二
讀者服務專線—〇八〇〇二三一七〇五．（〇二）二三〇四七一〇三
讀者服務傳真—（〇二）二三〇四六八五八
郵撥—一九三四四七二四時報文化出版公司
信箱—（一〇八九九）臺北華江橋郵局第九九信箱
時報悅讀網—http://www.readingtimes.com.tw
電子郵件信箱—liter@readingtimes.com.tw
法律顧問—理律法律事務所　陳長文律師、李念祖律師
印　刷—紘億印刷有限公司
二版一刷—二〇二一年九月十七日
定　價—新臺幣三二〇元

時報文化出版公司成立於一九七五年，
並於一九九九年股票上櫃公開發行，於二〇〇八年脫離中時集團非屬旺中，
以「尊重智慧與創意的文化事業」為信念。

薇若妮卡想不開 / 保羅．科爾賀 (Paulo Coelho) 著；劉永毅譯 . – 二版 . – 臺北市：時報文化, 2021.9
面；　公分 . –（藍小說；316）
譯自：*Veronika Decide Morrer*
ISBN 978-957-13-9438-1

885.7157　　110014989

ISBN 978-957-13-9438-1
Printed in Taiwan